致青春 097

娛樂圈是我的，我是你的

【第一部】予你星光

（上）

春刀寒　著

高寶書版集團

目錄
CONTENTS

第一章　重新來過

岑風死後的很長一段時間，許摘星都在做同一個夢。

夢裡的少年坐在緊閉的房間裡翻一本書，腳邊的木炭無聲燃燒，吞噬最後的氧氣。許摘星就站在門外，拚命去捶那扇無形的門。

可她毫無辦法。

岑風抬頭看過來，朝她笑了一下，然後將書丟入火盆，火苗舔舐而上。許摘星眼睜睜看著他被吞噬，然後在嚎啕大哭中醒來，全身疼得發抖。

岑風已經走了半年了。

半年的時間，對於新聞層出不窮的娛樂圈，岑風這個名字已經鮮少被提及。哪怕他剛去世時，他的消息霸占各大平臺頭條整整一週，好像全世界都在為他不公。

那時候，所有知道她喜歡岑風的朋友都來安慰她。

他們重複著岑風遭遇的一切，不僅同情他，還同情他的粉絲。末了，告訴許摘星，看開點，畢竟，那只是一個「你我本無緣，全靠我花錢」的偶像而已。

以前為了岑風張牙舞爪掐架的許摘星，什麼也沒反駁。

人總是健忘的，為岑風聲討的網友銷聲匿跡在資本干涉之下，連他的粉絲都有了新的愛豆（idol）。漸漸地，許摘星也不再提起他，好像自己從未用盡全力愛過一位少年。

只是有時候，她放空發著呆，反應過來時，眼淚流了滿臉。

同事問她：「摘星，妳怎麼了？」

她怎麼了？

她也不知道，只是感覺心臟空空地疼，像被刀子剜走了一塊。

傍晚下起了小雨，照顧許父的保姆朱阿姨打了電話過來，『摘星啊，回來吃晚飯嗎？我幫妳爸煲了雞湯。』

許摘星拖著化妝箱下樓梯：「今晚跟妝，新娘子家在郊外，不回來啦。妳跟爸兩個人吃吧。對了朱姨，樓下快遞箱有我同學從國外代購的蜂蜜，妳取了兌一碗給爸，睡前餵他喝。」

朱阿姨應了，掛了電話。

許父自從七年前突發腦中風就一直癱瘓在床，早些年都是許摘星親自照顧，這兩年她事業上升，賺了些錢，才幫許父請了保姆。

雨不大，她拖著化妝箱去街邊等車。

等紅綠燈的時候，旁邊有名婦女抱著孩子在打電話：「二期財務報表我已經交上去了，現在改預算怎麼來得及？陳總那邊審批都過了！」

她抱著孩子又撐著傘，手機拿不穩，索性把懷裡的小女孩放下來，「這個你跟我說沒用！早幹什麼去了？」

小女孩三、四歲大，手裡拿著個溜溜球。許是雨水濕了手，溜溜球滾落出去，順著斑馬線一路往前滾。

小女孩歪歪倒倒地去追溜溜球，不遠處的越野車鳴著笛飛速駛來，她媽媽還在打電話，許摘星回完訊息抬頭一看，反應過來的時候，人已經衝過去了。

只記得她把小女孩推向一旁，緊接著腰部狠狠一痛，五臟六腑像是移了位，一股甜腥味湧上喉嚨，然後就失去了意識。

都說人在死前，腦海中會浮現對你而言最重要的人和事。可生死一瞬，許摘星連回顧一生的時間都沒有，直接痛死過去。

人群的尖叫聲、小孩子的哭喊聲、尖銳的剎車聲，籠罩了這個雨後黃昏天。

許摘星做了一個夢。

夢見了很多年前，媽媽還沒有因食道癌過世，爸爸還沒破產腦中風的時候。她過著令人豔羨的富裕生活，可以毫無顧慮地去追求自己的夢想。

夢見她那一屋子的限量款芭比娃娃，她親手為娃娃做的漂亮的衣服，還有她放在書桌上的那個青少年服裝設計大賽獎盃。

夢見她高三的時候拿到了皇家藝術學院的offer，就在她高高興興準備去國外讀大學的時候，母親查出了食道癌晚期。

父親投資失敗，虧損何止千萬，最後連幫母親治病的錢都拿不出來。而曾經那些對他們熱絡討好的親戚，都在此時閉門不見，包括誆騙父親參與投資的許家二伯。

許父變賣公司資產為母親治病，而自己放棄出國，參加升學考，考上了B市的藝術設計類大學。

可母親的病已經到晚期，再多的錢也挽救不了。母親過世，父親破產一夜白髮，突發腦中風癱瘓在床。

那一年，許摘星才剛滿十八歲。

不得不挑起家裡的全部重擔。

她看到在泥淖裡艱難前行的自己，當身邊年齡相仿的同學面對的是戀愛、美食、旅遊、追星時，她面對的卻是債主的追債和銀行的貸款，以及父親大筆的醫療費。

她不想放棄設計夢想，一邊上學一邊打工，每一天連喘氣都覺得累。

大一的那個冬天，她因為要交設計作業晚回家一個小時，癱瘓在床的父親想喝水，掙扎著去拿水杯時，打翻了開水瓶。

等許摘星回到家時，父親已經被疼暈過去，打電話送到醫院，醫生告訴她是重度燙傷。

許摘星記得，那天晚上下了雪。

她蹲在醫院的走廊上，拿著一疊費用昂貴的醫療單，捂著臉無聲哭了出來。

她堅持不下去了。

她覺得好累好累啊。

她拿走了隔壁病床阿姨削水果的小刀，打算找個沒人的地方了結性命。

那晚下了大雪，特別冷，她坐在冰冷的石臺階上，一邊哭一邊將刀子對準自己的心口。

街對面是一棟大廈，大廈上有一塊巨大的LED螢幕。

光亮起來的時候，刀尖正要刺入心臟。

許摘星就在這漫過來的白光中抬起了頭，看見了LED螢幕上的少年。

他穿著白色毛衣，彈著鋼琴，黑髮細碎柔軟，像矜貴又溫柔的王子，對著她的方向笑。

那樣好看的笑容，像照進這暗無天日的寒夜裡的一束陽光，溫暖了她冰冷絕望的心臟。

人真的是很神奇的生物。自殺的勇氣突然沒了，她像被嚇到一樣，慌忙丟掉了手中的刀，仰頭呆呆看著那個彈琴的少年。

LED螢幕上的畫面只有十幾秒，沒有人知道，在這個冰冷絕望的寒夜，那十幾秒給了她什麼樣的力量。

畫面裡彈琴的那個人叫岑風，是剛出道的明星，是一個溫柔愛笑的少年。

那些撐不下去的日子，岑風就是她整個生命裡唯一的光。

再艱難的境地，想想他，也就熬過去了。

借著這束光，她走過了最難熬的那段歲月。雖然如今欠債仍未還清，父親仍未痊癒，可一切都在變好，一切都充滿了希望。

喜歡岑風這件事，讓她蒼白無力的生活又恢復了五彩繽紛。

她期望有一天，她能帶著自己的作品站在岑風面前，驕傲地對他說：「哥哥，看，我做到了。」

她想對他說，謝謝你的出現，謝謝你彈琴給我聽，謝謝你讓我沒有放棄自己，謝謝你讓我成為這樣的自己。

可原來，這個給了她這麼多希望的少年，早已半隻腳踩入死亡的深淵。

多可笑啊。

天天喊著吼著要保護哥哥，保護我們的寶貝，卻連他得了憂鬱症都不知道。

卻連他強撐笑容下的痛苦都沒看出來。

依舊那麼自私的，從他的笑容裡汲取力量，擁護著虛幻的假像。

更可笑的是，撕破這層假像後，她除了痛哭難過，什麼都做不了。

她再也見不到岑風了。

那個她用盡生命去熱愛的少年。

「摘星？摘星！醒醒！天啊妳是流口水了嗎，我的小說！啊啊啊我的英奇！全被妳的口水弄濕了！妳給我起來！起來！」

耳邊嗡嗡地響，許摘星感覺腦袋一重，一隻肉乎乎的手拍在她臉上。

「許摘星！給我起來！我這是新版啊！妳知道我排了多久的隊才買到嗎！」

耳邊這個聒噪的聲音，怎麼那麼像她高中時期的隔壁桌程佑？

許摘星掙扎著睜開了眼。

一瞬間，黃昏的光透過教室的玻璃窗漫進眼底。

穿著校服追逐打鬧的同學，堆滿書本雜亂的書桌，歪歪扭扭的走道，這一切陌生又熟悉，是屬於很多年前的記憶。

許摘星使勁閉了下眼，又不可思議看看自己的手，摸摸自己的腰。

旁邊程佑還在心疼她排了幾個小時隊買到的新版《狼的誘惑》，拿出帶著香味的紙巾小心翼翼擦乾了書頁上的水跡，然後一臉嫌棄地看過來。

許摘星還茫然著，眼角淚痕明顯。

程佑一下子開心了：「不是口水？啊啊啊太好了！啊不對，摘星妳怎麼了，怎麼睡個覺睡哭了啊？」

許摘星艱難地喊出她的名字：「……程佑？」

她們高中畢業就沒聯絡了，已經許多年沒有叫過這個名字，她不知道自己有沒有記錯。

程佑疑惑地湊過來，戳戳她的臉：「妳怎麼了？怎麼傻乎乎的？」

上課鐘聲在耳邊乍響。

程佑趕緊把小說塞進抽屜，拿出這一堂要用的書。許摘星看見書上幾個大字：高一數學。

高一？

十年前？

是夢嗎？

高中的數學老師曹菊梅踩著鈴聲走進教室，她還是自己印象中的模樣，燙著時下流行的小捲髮，聲音細又尖，有著屬於數學老師的刻板和嚴厲。

「都給我坐好了！每天心思都不在課業上！劉青山！說的就是你，你還笑！把腿給我拿下來！當教室是什麼地方？還蹺二郎腿？要不要再幫你泡杯茶？」

教室哄堂大笑。

曹菊梅用課本重重拍了拍講臺，驚起漫空的粉筆灰，「都坐好！下面開始講課，書翻到二之二章，今天學對數函數。」

四周響起唰唰的翻書聲。

程佑翻好了書，見許摘星還愣著，用筆頭戳戳她的手臂，壓低聲音：「發什麼愣呢？想被曹老師點名啊？」

許摘星終於從茫然中一點點清醒。

手指有些僵硬地翻開書，盯著書上遺忘多年的函數公式，心跳一下下加快。

不是夢，是真的。

她回到了十年前。

媽媽還沒得病，爸爸還沒癱瘓，家裡還沒破產。

岑風……還活著。

她愛的人都還活著。

一切都還來得及。

數學課是最後一節課，放學鐘一響，許摘星跟程佑匆匆說了聲再見，拽著書包就往家裡趕去。

這個時候她家還住在本市的別墅區玫瑰園裡。

玫瑰園，S市老牌的富人區，來往都是政界、商界的成功人士。高三那年，許父低價出售這棟別墅用來償還貸款。

許摘星高中畢業後就沒來過這裡，怕觸景生情，但回家的路刻在記憶最深處，下了車之後迫不及待一路狂奔，到家門口時，反而遲疑了。

多怕這是一場夢啊。

她盯著貼著福字的門看了好久，平穩心跳後才慢騰騰拽過書包，伸手進去掏鑰匙。剛拉開書包拉鍊，防盜門啪嗒一聲從內打開了。

許摘星渾身緊張，呆立在門口。

穿著圍裙的中年婦女提著兩包垃圾，開門看見她，笑道：「摘星放學啦，我扔完垃圾回來就炒菜，今天有妳愛吃的糖醋小排。」

許摘星嗓子眼緊緊的：「劉姨，我爸媽在家嗎？」

保姆劉阿姨已經走下臺階：「妳爸剛回來，妳媽打電話說加班，不回來吃飯了。對了，妳二伯也來了，還帶了進口巧克力要給妳呢。」

許摘星回家的喜悅瞬間被二伯兩個字沖散。

導致許家破產的罪魁禍首，就是這個許家二伯許志文。

許父當年趁著國家鼓勵個體戶，搭著政策的春風創建了星辰文化傳媒公司，那時候做廣告的不多，星辰傳媒逐漸壟斷了S市的廣告行業，成為傳統媒體的龍頭老大。

但隨著新媒體的興起，傳統媒體受到了極大的衝擊，當年許摘星還小，並不知道父親的公司已經開始逐年虧損。

就是這個時候，許志文誘騙許父進行風險投資。

許志文是許家唯一一個留學回來的高材生，許父雖然生意做得大，但是沒上過幾年學，性格也耿直，對信任的二哥毫不設防，開始將資金轉入。

但他不知道，其實許志文的資金鏈已經出現巨額赤字，拉許父進來，只是為了彌補他的虧損。後來許志文憑著許父的資產轉入成功脫身，卻讓許父越陷越深。

決定送母親出國治療的時候，許摘星陪著父親去敲二伯家的門。

許志文噁心的嘴臉她到現在都還記得一清二楚：「老三，不是二哥不幫你，二哥真的沒錢。你虧了，我也是受害者啊。投資嘛，當然有風險，怎麼能怪我呢？」

說著沒錢的許志文，在許父變賣公司的第二天，買了一輛限量版跑車給兒子。

許父人老實，知道這件事後，只是抹了一把淚，跟許摘星說：「不怨他，幫是情分，不幫是本分，不怪別人。」

許摘星一直記得這句話，最困難的時候，也再沒有向許家親戚開過口。

多年來不願回憶的記憶全部湧入大腦，讓許摘星有一種怒髮衝冠的感覺。

她氣得頭皮疼。

算算時間，這一年就剛好是許志文誘騙許父投資的時候。

難道就是今天？

許摘星鞋都來不及換，直衝二樓許父的書房。衝到門口的時候，正聽見許志文說：「你可以先跟著我投一小筆資金試試水，這個案子我跟了很久，沒日沒夜加班，賺錢的好機會當然是先想著自家人。」

許父拿著看也看不懂的金融檔案樂呵呵的：「行行行，那我先……」

「爸！」

許摘星推門而入。

許父抬頭看過來，還沒有被病痛折磨的中年男人意氣風發，濃眉大眼顯得精神抖擻，「放學啦？餓不餓？妳二伯從國外帶了巧克力給妳，先去吃幾塊墊墊肚子。劉嫂呢？快讓她炒菜了。」

再見到這樣的父親，許摘星的眼淚差點奪眶而出，但因許志文在旁邊，硬生生忍住了，悶聲道：「我不喜歡吃巧克力。」

許父看出她不對勁，放下文件走過來：「怎麼了？感冒啦？」

許摘星暫時還沒想到怎麼阻止父親投資，於是趁機道：「不知道，但是頭暈暈的，胃裡難受。」

許父一下子緊張起來：「是不是吃壞什麼東西了啊？還是著涼了？叫妳多穿一點妳不聽！」

他趕緊扶住她的肩膀，「快回房間躺著，劉嫂、劉嫂，拿溫度計上來！」

走到門外，才想起許志文還在，回頭道：「二哥，你先自己坐一下啊，摘星這丫頭，真是不讓人省心。」

許志文直覺今天這個小姪女的態度不對勁，但也沒多想，點點頭道：「要我找醫生過來嗎？現在的孩子身體素質就是差，跟我們當年比不了。」

許父擺手：「不用，先讓她躺一下，量量體溫，嚴重的話要去醫院。」

許志文便也沒再多說，下樓去客廳坐著了。

許摘星的房間還是她記憶中的模樣。

一進房間，感觸愈多，再也忍不住，眼眶一酸眼淚就下來了。許父正幫她倒水，見寶貝女兒哭了，急得差點摔了杯子：「怎麼啦？很難受嗎？走，我們現在就去醫院！」

許摘星等他走近，伸手抱住父親，埋在曾經被她嫌棄的啤酒肚上：「沒有，我只是突然好想你，想媽媽。」

「妳這孩子……」許父內心一時滾熱，摸摸她腦袋，誠懇保證：「爸爸以後一定少加班，多回家！」

許摘星知道他這段時間正在為公司日漸下降的業務奔波，任何傳統行業在面對新趨勢時都會式微，許父不是個精明的生意人，沒能把握住改革更新的時機，現在她回來了，必然要插手。

不僅不能讓父親參與投資，還要挽救星辰傳媒，甚至看有沒有機會讓父親投資房地產。現下正是房地產開始蓬勃發展的時候，簡直是千載難逢的好機會。

可她現在只是個高中生，在大人眼裡唯一重要的事就是讀書，插手父親的公司和資產，簡直是做夢。

許摘星頓覺道阻且長。

許父一看她的神情，立刻安排她躺下，跑出去打電話給許母：「摘星病了！對，我看挺嚴重的，又是哭又是皺眉的，還說想爸媽了！是不是上了高中壓力大了啊？對對，妳趕緊回來！」

許母是S市當地日報的主編，跟許父的公司一樣，紙媒遭受的衝擊更大，日報銷量每年直線下降，許母變著花樣改革，還是追不上日新月異的發展。

她的性子風風火火，掛了電話不到半小時就趕回家了。

許摘星在床上聽見樓下許母的聲音：「老許，摘星吃藥沒？喲，二哥也在啊，你坐著，我先上樓看看摘星。這丫頭我天天讓她多穿點多穿點，就是不聽！看把自己弄病了，打針挨痛的還不是自己！」

聲音由遠及近，很快推門進來。

許摘星眼淚汪汪喊了聲：「媽媽。」

許母責備地看著她，語氣卻柔了：「叫妳不聽媽媽的話，凍感冒了吧？還有哪裡難受啊？妳這丫頭，真是一天都不讓人省心。」

再次聽到熟悉的碎碎念，許摘星真想撲進她媽懷裡哭個三天三夜。

好在這些年心性鍛煉得堅韌，萬千心緒只化作一句：「媽媽，我以後都聽妳的話！」

許母大驚失色：「哎喲，真的出問題了啊？老許！老許你快上來！我看要去醫院！」

許摘星：「……」

最後許摘星含著溫度計再三保證自己沒問題，又喝了兩包感冒沖劑，穿上了厚實的外套，才跟著許母下樓吃飯。

許志文還沒走，坐在飯桌前跟許父聊天。

看到許摘星過來，笑吟吟問：「摘星好點沒？我看你們這些孩子就是太懶了，不喜歡運動，要是每天早上出去跑幾圈，什麼病都不會有。」

許摘星皮笑肉不笑地看了他一眼：「二伯這麼說，難道朝陽堂哥每天早上都出門跑步了？」

許志文被她噎了一下。

許父瞪了她一眼：「怎麼跟妳二伯說話的！」

許志文呵呵笑了兩聲：「沒事沒事，孩子還小，都這樣，我家那小子現在都上大學了，還不是一樣不省心。」

話題被蓋過去，許摘星連眼神都不想給他一個，埋頭吃飯。

劉阿姨做的糖醋小排，真的是好多年都沒吃到了，真好吃。

許志文和許父一邊吃飯一邊聊天，聊著聊著又說到投資的事，許志文剛起了個話頭，許摘星突然抬頭朝許母道：「媽！跟妳說了多少次了，吃飯要細嚼慢嚥，不要喝太燙的東西！」

許母性格急，吃飯也急，後來會得食道癌，跟她的飲食習慣有很大的關係。

她夾了塊小排給許母，又把她面前盛滿熱湯的碗移開，「晾一下再喝，太燙了對食道不好。」

桌上人的都是一愣，許母神情複雜看著碗裡的排骨。

女兒居然會夾菜給她了？還會關心她的身體了？

許志文向來會說話，不然怎麼會把許父騙得團團轉，立即誇獎：「剛才還說摘星不懂事，你看看，都知道關心媽媽的身體，是真的長大了，朝陽真該跟他妹妹學學。」

許父連連擺手，一臉謙虛：「她也就是在外面人裝裝乖，這丫頭皮得很。現在升了高中，我們要操心的事一大堆。」

兩人就著兒女教育聊了一陣子。

聊著聊著，許志文又把話題扯到了投資：「老三，振林那個專案……」

許摘星：「對了爸，學校這週五開家長會，你有時間嗎？」

許父看過來：「家長會？不是上個月剛開過嗎，怎麼又要開？」

許摘星聳肩：「高中唄，都這樣。」

許父沉吟著：「行吧，我把週五的時間空出來。」

再次被打斷的許志文：「……」

一頓飯就在他不斷提起許摘星不斷打斷的過程中結束了。

臨近冬天，天黑得早，吃完飯許摘星又讓許父上樓幫她的考卷簽名，許志文不敢表現得太急切，又找不到留下來的理由，只能告別離開。

出門後越想越想不通。

這個小姪女怎麼好像一直在針對他？

這沒道理啊。

老三家這個女兒從小富養，性子天真爛漫，雖說平時有點恃寵而驕，但單純又幼稚，整個許家都寵著哄著，他逢年過節禮物可都沒斷過啊。

哪裡惹到她了？

想了一路，剛上車，兒子許朝陽的電話打了過來，開口就要錢。

許朝陽現在上大一，一個月兩千的生活費都不夠他用。許志文正在氣頭上，對著電話劈頭蓋臉一頓罵，把許朝陽也罵火了，居然跟他爹對罵起來。

許志文氣得血壓飆高，摔了手機。

而許家，首戰告捷的許摘星以寫作業為由，鎖上了房間門，拿出了一個嶄新的筆記本，開始整理新的人生。

一，媽媽的病要提前預防治療。食道癌的潛伏期是一到兩年，要監督她按時去醫院檢查。

二，阻止父親參與風險投資，想辦法讓他改投資房地產。

三，改變星辰傳媒的運營模式，引進新媒體，不能讓父親的心血走向倒閉。

四，……

許摘星抿了抿唇，一筆一劃寫下那個名字。

四，去見岑風。

去見岑風，什麼都不做，只要偷偷看一眼。

看他還好好活在這世上，就夠了。

這個時候的岑風，還是個默默無聞的練習生。

五年之後，他會以 S-Star 男團出道。

S-Star 男團全稱 Senven-Star，也就是七顆星星的意思。

S-Star 這個團剛出道的時候並沒有大紅，是一個沒多少人知道的小糊團。直到後來組合中有三人參加了一檔音樂選秀節目，才趁勢帶紅了這個團。

岑風就在其中。

許摘星當年在那個下雪的深夜，看到那段岑風彈琴的影片，就是那個選秀節目的宣傳片。

只是後來岑風並沒有在那個選秀節目成功晉級，他止步於全國十強，而他的另外兩個隊友成功躋身前三，開始走紅。

S-Star 的活動逐漸多起來，岑風的個人資源很少，參加團內活動時從來不爭不搶，面對鏡頭時總是笑著的。

路人都說他是團內最透明的存在，可只有粉絲知道，每當他有大紅的趨勢，總會被莫名其妙地限制。好不容易因為一次顏值逆天的側拍圖上了熱搜，粉絲還來不及控評熱搜就沒了，取而代之的是讓人摸不著頭緒的黑料。

粉絲也曾猜測愛豆是不是遭到了打壓和針對，可岑風從來沒有在公眾場合表露過一絲負面情緒，她們除了聲討垃圾公司不作為，別無他法。

大多數人對於他的瞭解，僅限於這個叫岑風的愛豆長得不錯，以及那些莫須有的黑料。只有粉絲知道他有多好，他唱歌有多好，跳舞有多好，對她們有多溫柔。

粉絲經常感嘆，什麼時候我們哥哥才能上一次熱搜第一啊。

後來，岑風終於上了熱搜第一，還是全網爆的程度。

卻是以死亡的方式。

如果可以，她們情願他永遠默默無聞。

岑風死後，透過他助理電話採訪的隻言片語，透過行銷號的挖掘，透過公司內部匿名人士的爆料，粉絲才知道她們的寶貝都經歷了什麼。

岑風鋼琴彈得很好，他最吸引人的樣子就是彈鋼琴的時候。

可是選秀節目之後，粉絲再也沒看過他彈琴。有一次訪談，記者問起這件事，他只是笑笑說，沒有機會。

後來透過內部匿名人士的爆料，才知道是他的小手指被隊友故意踩斷，這輩子都彈不了琴了。

哪個隊友？爆料人沒說。

每個明星都有粉絲維護，許摘星到現在都不知道那個人是誰。

聽說岑風死後，他的殺人犯生父大鬧經紀公司，不為兒子討個公道，只要求巨額賠償。工作人員說，岑風死前，他的生父已經來鬧過很多次，甚至堵在岑風家門口，不給錢就不讓他出門。

原來她們之前猜測的打壓並不是假像，屬於岑風的資源全部被分給隊友，而他還要幫隊友的黑料揹鍋。S-Star 一旦有黑料，到最後都變成是岑風做的。

一件件一樁樁，揭露了那個名利場有多黑暗。粉絲聲討公司，聲討隊友，聲討曾經網路暴力他的網友和蹭熱度的行銷號，可最後，誰也沒有得到懲罰。

他有憂鬱症是真的，員警在他家發現了大量治療憂鬱症的藥。

他自殺是真的，他鎖死了門窗，沒有留下隻言片語。

能去懲罰誰呢？

該紅的繼續紅，該糊的繼續糊，經紀公司依舊不斷地造星，只是偶爾緬懷，以顯人情。

娛樂圈人氣最旺，也最是無情。

以前的許摘星只是一個微不足道的粉絲，面對這些不公，她無能為力。如今重回年少，一切都還有機會。

既定的軌道無法扭轉，那就努力掃除這條軌道上的陷阱與障礙，讓將來那些糟糕的事情永遠沒有發生的可能。

現在的岑風遠在B市訓練，她要等週末放假了才有機會過去。目前最迫在眉睫的，還是阻止許父把錢拿給許志文。

大大小小的計畫一直做到淩晨，許摘星才上床睡覺。

第二天一早，劉阿姨上樓準備叫許摘星起床上學，她是個賴床專業戶，每次都要磨很久。結果剛走到二樓，許摘星已經穿戴整齊出來了。

少女精神抖擻，綁著高高的馬尾，眼睛晶亮，元氣滿滿，開開心心跟她打了個招呼，下樓去吃早餐了。

劉阿姨有點懷疑人生。

許摘星吃完早飯出門上學，看著濛濛亮的天空，從未覺得早上的空氣如此清新。

這種興奮只持續到教室，學藝股長找她要作業的時候。

許摘星：還要寫作業？

學藝股長：妳是不是對自己高中生的身分有什麼誤會？

許摘星對著滿臉睏意走進教室的同學求救：「程佑！快把數學練習卷借我抄一抄！」

程佑瞌睡都醒了：「妳再說一次，妳要抄我的什麼卷？妳作為數學小老師，確定要抄我這個數學成績全班倒數第一的卷子？」

許摘星：我還是數學小老師？

昨晚做計畫的時候為什麼忘了把讀書也列到計畫裡？

學藝股長人挺好的，大度道：「那早自習結束再交吧。」

於是許摘星整節早自習都在瘋狂抄作業。

程佑一邊背單字一邊問她：「妳昨天幹什麼了？放學跑那麼快，作業也沒寫。周明昱把我堵在校門口好久，問妳是不是去跟野男人約會了！」

許摘星沒反應過來：「周明昱？」

程佑氣呼呼的：「妳那天就不該收他的巧克力！妳都還沒點頭，他已經以男朋友自居了！除了長得帥一無是處，腦子還不好！」

許摘星想了半天才反應過來，程佑說的這個人，好像是她的初戀。

高一開始的戀情，高二就因為被老師發現而夭折了，還因為早戀被她媽揍了一頓。

許摘星怕挨揍，高中不敢再談戀愛。

之後就是家庭變故，光是活著都要用盡全力了，哪還有精力戀愛。

喜歡上岑風後就更加不可能了。

追星女孩不需要愛情。

送巧克力是前兩天的事，許摘星這兩天牙疼，還沒吃。抄完作業，她把塞在抽屜裡的巧克力盒子拿出來交給程佑：「幫我拿去還給周明昱。」

程佑：？？？

許摘星把巧克力塞進她懷裡：「還回去了我請妳吃一個月的炸雞！」

程佑瞬間雙眼發亮，抱著巧克力就跑了。回來的時候氣喘吁吁：「周明昱追了我好久，問我什麼意思，我沒理他！」

許摘星朝她豎大拇指：「幹得漂亮。」

程佑被這句話誇得怪不好意思的，蹭過來問她：「摘星，妳怎麼突然拒絕周明昱了啊？我還以為妳喜歡他呢。」

許摘星翻開數學筆記：「只想讀書，無心戀愛。」

程佑覺得這個素來愛玩的同學變得有點怪怪的，但又說不上來哪裡怪。只是有時候下課休息，轉頭想跟她說話，發現她在筆記本上翻來覆去寫同一個名字。

放學的時候程佑忍不住問她：「摘星，岑風是誰啊？」

許摘星收拾書包的手頓了頓，抬頭時眼睛彎彎的，笑裡都是掩飾不住的溫柔和開心：「是我很喜歡的人。」

程佑：！！！

原來妳不是無心戀愛，是移情別戀了！

許摘星已經聯絡了補習老師，打算用最快的時間把自己遺忘的高中知識補回來，收拾完書包跟程佑打了個招呼就走了。

許父中午吃飯的時候打了電話給她，說要去B市出差，三、四天才能回來，參加不了她的家長會，回來一定帶巧克力給她。

許摘星已經想到解決投資的辦法，但還差一點時機。本來還擔心許志文這兩天又要作亂，父親出差倒是緩了她的燃眉之急，放心地去補習了。

她跑得倒是快，可憐程佑又在校門口被周明昱攔住了。

周明昱長得高，校服也不好好穿，流裡流氣的，一臉凶相擋在瑟瑟發抖的程佑面前，手裡拿著那盒被退回來的巧克力，惡狠狠問：「妳今天不給我說清楚到底怎麼回事就別想走！」

程佑拽緊書包：「關……關我什麼事！是摘星讓我還給你的！」

周明昱不信：「她那麼喜歡吃巧克力，怎麼可能還回來！她人呢！為什麼每天放學都躲著我？妳把她叫過來，我要問她！」

程佑：「摘星去上數學補習班了！你別打擾她讀書！」

周明昱氣憤道：「她數學成績都全年級第一了還需要上補習班？妳唬弄我能不能找個好

點的理由？快點！打電話給她，叫她過來，我打她不接！」

程佑本來就不喜歡他。她跟那些犯天天花癡的女生不一樣，她更看重的是成績和性格！這個周明昱頂著什麼校草的名頭，除了長得帥，性格不好，成績也墊底，根本配不上摘星！

程佑不知道哪來的勇氣，仰著頭擲地有聲道：「你就死心吧！摘星不會喜歡你的！她已經有喜歡的人了！」

周明昱：「不可能！她怎麼可能放著我不喜歡去喜歡別人！」

程佑：「怎麼不可能！那個男生叫岑風，摘星可喜歡他了！」

周明昱一聽，連名字都說出來了，難道是真的？

他太憤怒了！

整個學校都知道，他，校草，周明昱，在追七班的班花許摘星！到底是哪個不長眼的東西，居然敢插足他們的曠世奇戀！

於是第二天到學校……

程佑咬著麵包撲到努力背〈燭之武退秦師〉的許摘星身邊：「摘星！不好了！周明昱現在正在每個班門口大喊誰叫岑風，出去跟他單挑！」

許摘星：？？？

媽的，周明昱你死了。

你挑釁我愛豆，你死了。

第二章　計畫

許摘星氣勢洶洶去找周明昱，最後在高三大樓找到人。

多年不見，自己記憶中形象早就模糊的初戀，終於跟眼前這個流裡流氣的少年對應起來。

自己當年眼光這麼差嗎？這個一臉老子天下最帥的自戀狂神經病，完全不是自己的理想型啊！

眼見他氣勢洶洶地要踹教室門，許摘星吼他：「周明昱，你要幹什麼！」

周明昱一見她來了，五官都氣扭曲了：「好啊許摘星，我找妳妳就躲著我，我一找那個叫岑風的狗東西妳就出現了？」

許摘星差點氣瘋了：「你罵誰狗東西？你罵誰？我殺了你！」

緊跟著跑上來的程佑：「……」

早自習鐘聲及時響起，程佑趕緊拖著要跟周明宇拚了的許摘星往下走，「上課了上課了，我們不跟他一般見識啊！」

許摘星深吸兩口氣也冷靜下來了。

自己二十多歲的人了，怎麼幼稚到跟一個十幾歲的小屁孩一般見識！果然岑風就是她的死穴。算了算了，懶得管他。

她瞪了周明昱一眼：「高中生要以課業為主，別一天到晚搞些有的沒的，再亂來我告訴你班導！」

周明昱：？？？

回到教室，許摘星繼續背自己的文言文，程佑拿書擋著臉，滿眼驚嘆地打量自己這個隔壁桌好友。

那個叫岑風的到底是什麼來路，居然讓她這個一向不喜歡跟人吵架的隔壁桌差點跟人幹架？有機會一定要讓摘星帶她去見見！

經過早上那一幕，接下來幾天周明昱都沒再來找她了，大概是小男生的面子受損，與許過段時間就會換人追了。

許摘星解決了自己當年的孽緣，將全部精力都投在整理資料上。因為再過一天，就是她第一個大計畫實施的時候了。

當晚，許摘星還在房間寫英語試卷，許母接了個電話後神情悲傷地走上樓來，跟她說：「摘星，妳大伯走了。」

許家大伯，許父的大哥，因肺癌晚期已經在醫院化療了大半年，於今晚病逝。許摘星記得當年去參加大伯的葬禮，看見棺材裡的人被惡疾折磨得只剩下一把皮包骨。當時許家親戚都說，走了也是種解脫，他太疼了。

這件事許摘星無能為力，就算早有心理準備，此時聽到母親說出口，還是忍不住難過。

許母嘆了口氣：「妳爸今晚趕飛機回來，明天一早我們要回老家，等等我跟妳老師請個假。」

許摘星點點頭。

許母邊嘆氣邊轉身出去了：「妳小時候大伯對妳挺好的，總買糖給妳呢。」

許摘星本來還想把剩下的英語試卷寫完，但心裡亂糟糟的，一面難過大伯的過世，一面想到自己要趁這件事實行大計畫，試了幾次都看不進去題目，最後還是算了，收起卷子拿出了自己的新人生計畫本。

翻到第三頁，上面寫了一個名字：許延。

許延，大伯的兒子，後來娛樂圈裡非常著名的經紀人，帶一個紅一個的那種。

許家大哥很早就跟髮妻離婚，五歲大的許延判給了母親，跟隨母親出國，這麼多年從未與許家有過聯絡。

許摘星只知道，大伯這大半年化療的費用基本都是許延那邊出的，但是人在國外沒回來過。上一世，許延在大伯過世後才回國，參加喪禮。

但是在喪禮上跟許家這邊的親戚鬧得非常不愉快，大伯離婚後又再婚了兩次，最後都離了，除了許延沒有留下一兒半女，現在人不在了，留下老家的一塊地和兩棟房子。

當年許摘星還小，性子愛玩又天真，根本聽不懂大人之間的爭論，跟著鄉下幾個小堂弟、小堂妹上山爬樹摘花果，完全不知道發生了什麼。

現在想想，應該就是為了那份遺產。

喪禮之後，許摘星再也沒見過許延，以前的聯絡本來就少，現在就更沒有了。直到許母過世，許父癱瘓，許摘星負重前行時，接過兩次許延的電話。

他什麼也沒說，只是找她要銀行戶頭，要匯錢給她。

那時候許摘星剛跟許家親戚斷絕往來，恨極了這群虛偽冷血的親戚，連帶也一起拒絕了許延。

許延沒再打過電話，不過後來許摘星的銀行卡裡還是多了兩筆國際匯款。她記下數字，寫了欠條，發誓將來要還給對方。

直到她開始追岑風，瞭解了娛樂圈後，才知道這位堂哥在圈內是多麼了不起的存在。

她感念他當年的恩情，一直默默關注，遇到堂哥手下的藝人出現什麼風波，還會幫著帶風向控控評。

是那時的她唯一能為堂哥做的事了。

不久前她還在行銷號爆料那裡看到說許延有獨立出來自己做經紀公司的想法，但還不知道後文，她就重生了。

現在這個時間點，許延是她計畫裡最重要的一步。

雖然已經有了計畫，但她兩世從未跟許延有過接觸，到時候能否順利，還是個未知數。

滿心悵然上床睡覺的許摘星，第二天一大早就被許母叫起來，收拾了行禮和作業，坐飛機回老家。

許家老家在南方一個山清水秀的小城市，發展雖然不怎麼樣，但環境空氣好，小時候爺爺、奶奶在世時，每年寒暑假父母都會帶她回來。

闊別多年，小城風貌依舊，老家火葬還沒推行，這次喪禮也是走土葬流程，許摘星一家到的時候，大伯的遺體已經從醫院送回來了，靈堂就設在他自建的兩層樓房外面。

許家親戚幾乎都到了，許父一來，不少親戚圍過來噓寒問暖，要不是後來發生的那些事，父女倆還不知道親情可以冷漠到什麼程度。

喪禮事情多又雜，大伯沒有妻兒，主心骨就落在兩個弟弟和兩個妹妹身上。許父許母放下行李就去忙了，許摘星在安排的房間收拾好行李，又去靈堂前給大伯磕頭燒了香。

按照她的記憶，許延這時候應該已經到了，可是找了一圈也沒看見人。

晃來晃去，沒找到許延，倒是遇到了她那個敗家子二堂哥，許志文的兒子許朝陽。

許朝陽在B市一所塞錢進的大學讀大一，許家的小一輩年齡都還小，除了許延，最大的許摘星這時候也才高一。許朝陽是繼他爹之後，許家第二個大學生。

在普遍沒上過學的家族中，得意到不行。

此刻的許朝陽夾著一根菸，依著草垛，在一眾鄉下親戚中，滿是優越感。幾個小堂弟小堂妹聽他在那誇耀B市有多麼好多麼繁華，一臉羨慕。

許摘星掉頭就想走，小堂妹看到她，開心地喊：「摘星姐姐，妳也回來啦。」

父母之過不殃及孩子，許摘星雖然厭惡許家親戚，但對這些小孩沒有多少惡意，轉身笑道：「嗯啦。」

她看了許朝陽一眼，從口袋裡摸出幾塊許父昨晚從B市帶回來的巧克力，朝小堂妹、小堂弟招手：「來，帶了巧克力給你們。」

幾個孩子都開心地跑過來。

許朝陽在許摘星面前倒是有些收斂，他爹應該跟他打過招呼，笑吟吟的：「摘星，聽我爸說妳考上明星高中了？挺有能耐啊，好好讀書，爭取考到B市來，到時候哥罩著妳。」

許摘星眼皮都沒抬一下，問小堂妹：「好吃嗎？」

許朝陽有點難堪，沒再跟她說話，轉頭跟幾個同歲的親戚聊天。

其中一個說：「大伯的兒子回來了，你見到沒？聽說他從小在國外長大的，大伯的醫藥費都是他出的，真有錢。」

說到許延，大家都是一副羨慕的語氣。

許朝陽吐了個煙圈，冷笑一聲：「他有什麼本事賺錢，還不都是他那個嫁給外國人的媽的。用後爹的錢給親爹治病，呵呵，不知道他後爹知道了還要不要他們母子。」

另一個說：「許延也工作了吧，不知道在哪上班，待遇怎麼樣。」

許朝陽不待見他們用那樣崇拜的語氣提許延，把菸頭一扔：「他讀的那傳媒系能找到什麼好工作？去掃廁所人家都不要。」

周圍的人都笑。

許摘星分完巧克力，拍拍手，抬頭笑瞇瞇的：「朝陽堂哥，別光聊許延哥哥啊，也說說你自己唄，你讀什麼科系啊？」

許朝陽一愣，下意識道：「我讀金融。」

許摘星一臉驚訝，語氣都上挑幾分：「什麼？居然是金融？我還以為你讀的是長舌婦系呢。」

她感慨地看著他：「我還想著你學得可真好，跟我們社區公園裡那群納鞋墊的阿姨們簡直一模一樣呢。」

許朝陽這才反應過來這丫頭在諷刺他：「妳……」

許摘星爛漫一笑打斷他，「原來是自學成才呀。」

許朝陽氣得七竅生煙，被周圍親戚看了笑話，都顧不上他爹交代的了，上前就想收拾這個牙尖嘴利的臭丫頭。

後面那個吃巧克力的小堂妹突然指著他身後尖叫：「著火啦！」

眾人的注意力都在吵架的兩個人身上，哪注意得到後面的草垛。此時回頭一看，才發現起了明火。

這草垛是鎮上的人收了玉米後曬乾秸稈堆起來的垛，又乾又易燃，眨眼之間火苗竄大，一時間濃煙滾滾。

一群人驚慌失措，其中歲數最大的許朝陽跑得最快，一溜煙躲到後屋裡去了。許摘星想到他剛才隨手扔的那個菸頭，簡直要氣死了。

這地方在後院，大人們都在前面忙，她拉住身後兩個慌張的小堂妹：「快去找你們爸媽，說朝陽堂哥亂扔菸頭把草垛燒了！」

話落，視線在周圍一掃，看到牆角有一圈沾滿了泥土的軟水管，應該是平時拿來幫農田灌水的，趕緊跑了過去。

好在後院有洗衣槽，許摘星用水管接上水龍頭，剛剛擰開開關準備去拿另一頭，後面已經有人俯身拿起水管跑過去了。

草垛四周沒有可燃物，燃得快也熄得快，等大人們聽說著火慌忙抱著水盆水桶跑過來時，火已經熄了。

大家一時間有點愣。

許父許母反應過來，把盆子一扔，趕緊過去摟著許摘星：「燒著沒？啊？燒著哪裡沒？妳這孩子，怎麼不知道跑啊！許延你也是！沒事吧？」

許延笑著搖搖頭。

許摘星蹭了蹭手上的水，用所有人都能聽到的聲音氣鼓鼓道：「跑了誰滅火啊，燒到房子怎麼辦！二堂哥跑得比兔子還快，要不是大堂哥在，還不知道會怎麼樣呢！」

剛才被許摘星趕回去喊人的兩個小堂妹已經哭著把「朝陽堂哥亂扔菸蒂燒了草垛」的話傳得人盡皆知了。

一眾親戚東看西看，議論紛紛。

許志文把躲在後屋的許朝陽拽出來，一巴掌狠狠打在他頭上：「你好的不學，學抽菸！還燒了草垛，老子打死你！」

成年人奉行大事化小小事化了，都勸：「算了算了，沒出事就好。」

又誇許摘星：「老三家這女兒教得太好了，就這臨危不亂的穩重模樣，長大了肯定了不起！」

許摘星露出了靦腆的笑。

沒出大事，前面喪禮還要忙，大人們把各自的孩子都警告了一遍，又回去忙了，許朝陽也灰溜溜地走了。

許延把水管捲起來收好，正要離開，打發了幾個小堂妹小堂弟的許摘星追了上來，喊他：「許延哥哥。」

許延回過身來，狹長的眼角微微上挑，看起來在笑，卻有種距離感。

許摘星朝他露出一個乖巧的笑：「許延哥哥，我叫許摘星，你沒見過我吧？你出國的時候我還沒出生呢。」

許延若有所思：「是沒見過。」

許摘星眨眨眼睛：「聽說你大學是讀傳媒系的，我以後也想學這個，你能跟我講講嗎？」

許延盯著她看了一下子，突然意味深長地笑了：「想說什麼直說吧，我不是許朝陽。」

我不是許朝陽，妳也別在我面前裝。

後來能成為圈內的金牌經紀人，眼光必然毒辣。許摘星知道自己民間奧斯卡級別的表演已經被看透了，聽他這麼說，反倒鬆了一口氣。

誰樂意裝啊，還不是為了貼合高中生的人設。

她聳了下肩，大方地笑起來：「堂哥，聽說你研究所剛畢業，現在國內工作不好找，有沒有創業的想法？」

許延發現自己對這個小堂妹的理解還是太淺顯了。

他對許家親戚這邊的情況瞭解不多，只是偶爾從他媽口中聽到幾句，說起三叔家這個女兒，用的都是天真嬌氣這些小公主詞彙。

剛才伶牙俐齒地嗆人，從容不迫地救火已經令他刮目相看，現在聽她坦然自如地問出這句話，眼底那點戲謔沒了，興致盎然地盯著她。

許摘星被他盯得不自在，撥了撥瀏海，但語氣還是鎮靜：「如果你要留在國外當我沒問，但如果你有回國的打算。你也知道，國內現在正處於新舊媒體交替的關鍵期，對行業的衝擊很大，加之傳媒的廣泛性，工作崗位雖然多，但起步晚，起點低，很難熬出頭。」

她頓了頓，唇角彎起來，笑得特別乖：「與其去適應它，不如去引領它，你覺得呢？」

許延笑意愈深：「接著說。」

許摘星對這方面的瞭解全部來自最近惡補搜集的資料，真讓她跟這個專業出身的大堂哥說，大概很快就會露餡。

她開門見山：「我想和你一起搞一個娛樂公司，我資金入股你技術入股，我上學這幾年你負責運營，等我畢業後再和你一起經管，有沒有興趣？」

許延不可思議地挑了下眉，似乎沒想到她最終的目的是這個。他笑了一下：「妳資金入股？妳哪來的錢？」

許摘星義正言辭：「我是沒錢，可我爸有錢啊。」

許延笑：「三叔會放心把錢交給妳這個……還沒成年的小朋友？」

許摘星認真地看著他：「所以我需要跟你合作。」

那樣嚴肅誠摯的眼神，許延意識到這個小堂妹的確不是在開玩笑。本來以為這一趟回國註定不愉快，沒想到會讓他遇到個這麼好玩的事。

許延今後的成就那麼傑出，跟他從不戴有色眼鏡看人，能抓住每次機會有很大的關係。

他往身後石磨上一坐，摸了摸口袋，似乎想抽菸，又想起眼前的小堂妹還沒成年，笑了笑伸出手：「妳剛才給他們的巧克力還有沒有？給我一個。」

許摘星掏出口袋裡最後一塊巧克力遞給他。

許延剝開錫紙，咬了一口：「我不輕易跟人合作，說說妳有什麼值得我入股的優勢。」

許摘星想了想，問了句無關的話：「堂哥你追星嗎？」

許延搖頭：「不追，我比較喜歡足球。」

「巴薩（巴塞隆納足球俱樂部）還是皇馬（皇家馬德里足球俱樂部）？難道是國足？」

許延忍不住笑出來，手指敲一下她額頭：「說妳自己的事，追星怎麼樣？不追星又怎麼樣？」

許摘星轉回正題：「如果你追星就會知道，如今韓流對國內的娛樂圈衝擊很大，我班上那些同學的偶像全都是韓流明星。H國的娛樂圈已經非常成熟，他們造星的手段也很厲害，同等的還有R國，但他們大勢盛行的練習生模式，如今在國內卻很少有公司使用。」

許延吃巧克力的動作慢下來。

許摘星繼續道：「流量這個詞現在說起來大家可能覺得陌生，但我相信在未來幾年，它勢必成為娛樂圈的主力。而愛豆模式，也一定會在國內流行起來，畢竟，我們國內好看的小哥哥不比任何國家少。」

她加重語氣：「一旦這種模式流行開來，娛樂圈的發展勢必再上一個階段。現在正是新媒體急速發展的關鍵時候，新媒體與今後的娛樂圈關係緊密，到時候誰掌握了流量和資本，誰就掌握了市場。」

許延算是理解她的想法了：「說了半天，妳就是想做一個造星的經紀公司。」

許摘星否定他：「不只！不僅造星，綜藝、影視、音樂甚至小說ＩＰ都是重中之重。」

「小說ＩＰ？」

一不小心蹦出來一個未來流行詞，許摘星拍了下嘴，一臉嚴肅道：「反正意思就是，我們要做大做強！勇創輝煌！」

許延差點忍不住笑了，慢條斯理吃完巧克力，撣了撣手：「所以，妳的優勢是？」

已近黃昏，橘色雲霞層層疊疊鋪開，壓在樹梢。

許摘星看了遼遠天空一眼，腦子裡走馬觀花閃過曾經那些記憶。她收回視線：「我的前瞻性。」

我的優勢，就是我的前瞻性。

許延一言難盡看著這個小堂妹。

這趟回國之旅真是……太驚喜了。

他完全明白她的優勢在哪裡，對於本來就打算進入娛樂圈工作的許延來說，他對這個圈子的研究並不少。

她說的那些，是真正符合流行趨勢的將來。

他不知道為什麼這個還沒成年的小堂妹會有如此厲害的全域觀和前瞻性，但這並不重要，重要的是，她找上了自己。

心裡已經有了決斷，但許延還是忍不住逗她幾句：「為什麼找我？」

小女孩眨眨眼，明眸皓齒的臉上終於又有了屬於她這個年紀的笑容：「因為大堂哥你最厲害啦！」她握拳表忠心：「我最相信你了！」

許延不置可否地笑了笑。

不遠處有親戚跑過來喊他：「許延，過來看一下明天出殯的安排。」

他從石磨跳下來，把巧克力錫紙塞到許摘星手裡：「我考慮一下，明天給妳答覆。」

話是這麼說，許摘星已經從他的眼神裡看到答案了。

她開心地揮揮手：「堂哥再見，等你的好消息喲。」

等許延走遠了，她看著他的背影悵然地嘆了聲氣，轉而又握拳。

關鍵人物已經搞定了，接下來的計畫也一定會順利。

哥哥，等著我，這一次，奮不顧身也會保護好你！

喪禮流程繁瑣，還要招呼親朋好友，大人們忙得腳不沾地，許摘星成功完成計畫第一步，心情大好，回房間把剩下的幾張試卷都寫了。

吃完晚飯正準備上樓，從堂屋經過時聽見裡面在吵架。

她想到什麼，悄悄走過去，扒著窗臺往裡看。

說是吵架，其實是許家親戚單方面對許延進行言語攻擊和道德綁架，許延坐在椅子上一聲沒出，神情譏誚。

正在說話的是許家四姑：「當年修這兩棟房子，要是沒有我們這些老家的親戚幫襯，靠你爸一個人哪裡修得起來哦。這前前後後裡裡外外，幸虧我們打理著，前兩年樓頂漏水，牆差點塌了，也是我跟你姑父帶著人來安的棚。哎喲，那大熱天的，曬得你姑父回去就中暑了。」

另一邊也接話：「你爸這幾年在省城打工，這家裡的田啊地啊還不是我們種著。當年老爺子發了話把這塊地留給許家長子，許延啊，不是我說，你現在除了姓許，哪裡看得上我們這些窮親戚喲。」

話裡話外，都在說他早就跟許家沒關係了，沒資格沾染許家的東西。

其實許延根本不打算爭。他人在國外，今後也打算在首都發展，千里之外老家的幾棟房子幾塊地，他看不上眼，

可被這群人防賊防狼一樣圍著，譏誚之下也有憤怒，偏不想遂了他們的願。

等他們停下來才慢條斯理道：「我爸沒有妻兒，按照法律，我是他遺產的唯一繼承人。這不是屬不屬於我的問題，是我想不想要的問題。」

一群人一聽，這不就是分遺產的意思？頓時急了。

脾氣不好的直接吼出聲：「什麼屬於你？你媽二十幾年前就跟人跑了，許家的東西沒一樣是屬於你的！」

「這麼多年沒回來看過你爸一眼，連他生病這大半年都是我們在照顧，現在跑回來爭遺產？你算什麼東西？我看你要臉就趁早滾回美國！」

話越說越難聽，許延的臉色也越來越沉，正要反擊，窗外突然傳來一道脆生生的聲音：「你們吵架做什麼呀？扯不清楚的事情直接報警就行啦，員警叔叔最公正，讓他們來處理呀。都是一家人，吵架多不好。」

眾人回頭一看，許摘星雙手撐著窗臺，探著半個身子，臉上的笑要多爛漫有多爛漫。

報什麼警？員警都依法辦事，讓他們怎麼搶本來就不屬於他們的東西？

許摘星俐落地摸出自己口袋裡的滑蓋手機：「我幫你們打一一零！」

這還得了，眾人一哄而上去阻止她：「妳這孩子！打什麼一一零，自家的事要外人插手做什麼！」

許摘星看著說話那人，奇怪道：「咦？你剛才不還說許延哥哥不是我們許家的人嗎？怎麼又變成自家的事啦？」

那人臉一陣紅一陣黑，許家四姑趕緊道：「摘星啊，這都是大人的事，小孩別瞎摻和，妳爸媽呢，快去找妳爸媽！」

要是別的小孩，早就被打走了，但許摘星嘛，小公主要哄著。

剛問她爸媽呢，她爸就來了。許父剛跟陰陽先生看完地回來，見這麼多人都在這，好奇地走過來問：「怎麼了？」

許摘星搶答道：「爸，他們說許延哥哥不是許家人，讓他滾回美國去。」

許父頓時沉下臉，怒道：「大哥還沒入土，你們就合起夥來欺負他唯一的兒子？像話嗎！都給我散了！以後誰再提這話，我第一個不放過他！」

許父排行老三，現在老大走了，除了老二，就是他最大。再加上他生意做得大，這些年許家親戚哪個沒受過他的幫襯恩惠，威信也重。

一聽他發話，都不敢再說，紛紛散了。

許父走過去，拍了拍許延的肩膀，沉聲道：「有三叔在，不會讓你受委屈的。」

許延笑了一下：「不會，謝謝三叔。」

許父又安撫了幾句才轉身，瞪著還坐在窗臺上的許摘星：「妳這丫頭，哪裡都有妳！還不回房去？妳媽到處找妳！」

許摘星吐了下舌頭，掉頭跑了。

一夜無事，第二天葬禮正常進行，到下午才徹底結束。許摘星還要趕回去上學，許父幫她訂了傍晚的機票。

正在房間收拾書包，許延敲門走進來。

許摘星興高采烈地跳過去：「哥！」

許延斜眼看她：「妳得寸進尺得還挺快。」

許摘星：「哎呀，我們現在是盟友嘛，叫親近一點對於維護我們的盟友關係有好處。」

許延忍不住笑了，覺得這個小堂妹真是個寶藏：「誰跟妳盟友？我還沒同意。」

許摘星可憐兮兮去拽他袖子：「別啊哥。」

許延繃著臉：「妳說的合作，基於資金到手的前提。沒有錢一切都白說，這不是一筆小數目，妳需要我配合的計畫是什麼？怎麼讓妳爸出這筆錢？」

許摘星高興地說：「這個簡單！你去跟我爸借錢，說你要創業！」

許延：？？？

妳說了那麼多，最後要我去借錢？

妳也敢說妳資金入股？

許摘星對自己的計畫非常有信心。

「你是大伯唯一的兒子，他在這世上唯一的牽絆，我爸那個人最重親情了，你跟他開口，他難道能不借？而且不能借少了，至少都要三百萬！」

許延：「……」

許摘星攤手：「反正你不借，這筆錢他也會拿給許志文搞投資，到時候虧得老本都沒了，還不如借給你呢。」

她越說越覺得能成，「而且嚴格意義上來說，這不是借給你，是投資！他也占股份有分紅的好不好？」

說著，朝許延投去鼓勵的眼神：「哥，考驗你能力的時候到了。只要你能讓我爸相信你能把公司做起來，他肯定會同意的。」

許延回味這句話半天，反應過來了：「妳的意思是，要是最後妳爸不借這筆錢，只能怪我能力不行？」

許摘星：「……我不是這個意思。」

許延轉頭看了看她床上那一堆數學試卷、英語課本：「妳真的是高中生嗎？」

許摘星：「……」

屋外傳來許母的聲音：「摘星，東西收拾好沒？準備走了。」

「好了！馬上！」她把課本胡亂塞進書包揹在身上，拍拍許延的肩：「我也會幫你吹枕邊風的，加油啊哥，我在S市等你！」

許延無語地看著她跑出去的背影：「枕邊風不是這麼用的吧？」

許摘星沒回頭，朝後揮了揮手。

許父和許延都還要留下來處理老大的身後事，許母帶著許摘星坐上了回家的飛機。到S市時已經接近淩晨，一到家許母就趕她回房洗澡睡覺，畢竟明天還要上學。

許摘星洗完澡鎖上門，把自己這週完全沒動過的零用錢放在書桌上，又打開存錢罐掏出幾張一百元，湊在一堆數了數。

機票、住宿加上飯錢，對於現在的她來說是一筆不小的數目。父母雖然寵她，要什麼買什麼，但是零用錢從來不亂給，需要什麼都是他們直接買回來。

壓歲錢存在媽媽的銀行卡，動不了，附屬卡她一花錢許父就會收到簡訊也不能用。她能隨意支配的現金，就只有每週的零用錢了。

數來數去，還是差一些。

許摘星懊惱，為什麼岑風簽的經紀公司不在S市呢。

B市好遠啊，機票好貴啊！

突然有種曾經省吃儉用追他活動的感覺呢，手動微笑。

這年頭連APP都沒有，明天湊夠了錢，還要去代售點買機票。

週末去B市這件事，是肯定不能讓父母知道的。許父許母是很傳統的父母，雖然對許摘星寵著富養，但也有不能大手大腳花錢、不能鋪張浪費、不准夜不歸宿的三不規定。

暑假去個夏令營父母都要一而再再而三地跟班導師確認，跟帶隊老師確認，跟夏令營對接老師確認，更別說讓她一個人坐飛機去B市。

不過許摘星已經想好了，這週許父還在老家回不來，到時候跟媽媽撒撒嬌，就說要去同學家玩，週六先去程佑家打電話彙報證明，再出發去機場，週日下午回來，應該不會被發現。

雖然去這一趟，不一定能見到岑風。

但她再也等不下去了。

這種感覺像失而復得，欣喜若狂之下，思念又煎熬。

懷著複雜的心情上床睡覺，第二天到學校，許摘星找程佑借錢。

程佑把烤香腸叼在嘴裡，雙手從左右兩個校服口袋裡掏出了一共七塊五毛錢，然後一臉鄭重地交給許摘星：「我的全部家當，拿去吧！」

許摘星：「……」

程佑奇怪地看著她：「妳每週零用錢那麼多還不夠花嗎？」

許摘星還需要她週末幫自己作偽證，隱去岑風的練習生身分，如實跟她說了。程佑驚訝到不行：「妳要去B市找岑風？原來他不是我們這裡的人啊！難怪呢，我說周明昱這兩天怎麼找不到人。」

許摘星一愣：「這裡面又有周明昱什麼事？」

程佑叭叭吃完烤香腸才開口：「他呀，他這兩天都沒來學校，領著他那群兄弟，在隔壁各個高中找岑風呢。說不找到那個插足他曠世奇戀的人誓不甘休。」

許摘星：？？？

這事他媽的怎麼還沒完？

以前跟他在一起的時候也沒發現他對自己這麼一往情深啊！

許摘星氣了半天，警告程佑：「不准再跟他說有關岑風的任何事！」

程佑趕緊比了個發誓的手勢，比完又眼睛發光地湊過來偷摸摸問：「摘星，那個叫岑風的，你們是怎麼認識的啊？他是不是特別帥？多大了？成績好不好？」

許摘星嫌棄地推她腦袋：「去去去，大人的事小孩少操心。」

程佑怪不開心地瞪她：「妳還比我小半歲呢！」

窮同學沒有錢，好在許摘星平時還有一群關係不錯的有錢小姐妹，她藉口說想買某某明星新出的專輯海報，小姐妹們都是追星女孩，非常慷慨，每人掏一些，湊夠了她需要的數目。

一放學就直奔代售點，買了第二天中午飛B市的機票。

當天晚上，許摘星軟磨硬泡了她媽半個小時，許母終於點頭同意她去程佑家住一晚。她跟程佑早就對好了口供，等她第二天早上揹著書包到了程家，先用程家的電話打個電話給她媽，又跟程佑一起揹著書包出門，告訴程家父母她們要去圖書館寫作業，要晚上才會回來。

做完一切準備，兩人在街口分手，一個去機場，一個去圖書館。

程佑後知後覺覺得這個計畫有點危險，拽著她的手緊張兮兮地交代：「千萬要注意安全啊！萬一遇到壞人妳就喊救命知道嗎？聽說B市治安很好警察叔叔很多，妳不要怕！」

許摘星點點頭，鑽進計程車。

程佑看著她，看樣子快哭了：「摘星！妳千萬不要出事啊！妳要是出事了，我就是從犯啊嗚嗚嗚……」

許摘星從車窗伸出手，比了個OK，然後被計程車風馳電掣地載走了。

一路順利登上飛機，空姐得知這趟航班有個未成年的青少年，還來重點關照了幾次，下飛機時派人把許摘星送到出口。

許摘星指著遠處廁所門口打電話的中年女人：「那就是我姑姑！謝謝姐姐，姐姐再見！」然後揹著書包拔腿跑了。

考上大學之後她一直生活在B市，對這裡很熟悉，熟門熟路地去坐地鐵。

岑風簽約的經紀公司叫中天娛樂，是圈內老牌的經紀公司，旗下出過影帝，也推過幾個家喻戶曉的女明星。但近幾年有些式微，製作的幾部電視劇都沒什麼水花。

中天的老闆還是很有前瞻性，當即推出了練習生計畫，打算緊跟韓流造星，於是中天娛樂成立了練習生分部。

中天娛樂的大樓在市中心，但練習生分部在郊區，跟公司簽約的藝人都是區分開的。

畢竟國內現在並不流行練習生，中天也還在摸索中，主要投資依舊用在傳統專案上，練習生專案還有待觀察。

S-Star 紅了之後，中天出過一個紀錄片，展示成員在出道前的訓練教室和團體宿舍，目的是告訴觀眾練習生出道不易，大家且追且珍惜。

後來不少粉絲去大樓宿舍外面朝聖。

這是哥哥曾經努力練習揮汗如雨的地方呢。

許摘星也去過，知道位置在哪。

到達目的時，臨近傍晚。這個季節的B市氣溫已經很低，許摘星捂緊自己的外套揹著書包瑟瑟發抖，在訓練大樓下停住了腳步。

風箏們（岑風的粉絲名）都知道，自家愛豆當練習生時非常努力，練舞練出一身傷，經常顧不上吃飯，每天訓練去的最早走的最晚，團綜時隊友也說過，那時都是岑風在保管訓練室的鑰匙。

這樣努力的人，明明是團內實力最強的一個，卻成了最不紅的一個。

他那時候付出了全部，一定沒有想到，將來會是那樣的結局。

許摘星仰頭看著陰雲之下聳立的高樓，看著看著，又想哭了。

一陣寒風吹過，把她的眼淚凍了回去。

許摘星拿出手機看了看，這個時間，岑風應該還在教室訓練，她就在這再等幾個小時，等天黑了，應該就能等到他出來了。

她四處看看，到大門右邊的石臺上坐下，拿出老師安排的試卷，一邊寫作業一邊等。

幾個小時後，天已經黑透，進進出出不少人，許摘星甚至看到後來S-Star的成員，但始終不見岑風。

保全來鎖門，看著她問：「小妹妹，妳坐在這幹什麼呢？」

許摘星捶捶發麻的腿：「叔叔我等人。」

保全一邊鎖門一邊說：「天都黑了，在這多不安全啊，趕緊回去吧。」

許摘星趕緊抱著書包跑過去：「叔叔，這裡面沒人了嗎？」

保全鎖好門，檢查了一下：「早就沒人了，都下班了。」

「那……那練習生們呢，也都回去了？」

保安沒想到她一個小妹妹知道的還挺多，看了她兩眼：「早走完了，妳等的是我們公司的練習生？」

許摘星愣了一下，搖搖頭：「不是，謝謝叔叔，叔叔再見。」

她揹好書包，一瘸一拐地往附近的酒店走。走到一半，終究不死心，又掉頭往練習生宿舍去。

明天就要回去了，她只有今晚和明早的時間，萬一明早再錯過，就真的沒有機會了。

宿舍就在公司大樓後面，隔著一條街的距離。

這地方不能隨便進，她在大門外的路燈下頓足，想了想，把書包取下來墊屁股，試了試軟硬，抱著再等兩個小時的想法，剛坐下，晦暗的大門口走出一個人。

他穿了件黑色連帽衣、運動褲，高高瘦瘦，揹著把吉他，雙手插在褲子口袋，微垂著頭，碎髮掃在眼瞼，鼻樑處陰影一片。

許摘星才剛坐下，根本沒反應過來，就看見自己朝思暮想牽腸掛肚的那個人一臉漠然從自己旁邊走了過去。

冷風中有淡淡的菸草味，掃過她的鼻尖，一瞬而過。

呼吸靜止，聲音卡在嗓子眼，像被定了身，一動也不動盯著那個越走越遠的背影。

腦子裡山崩地裂，摧枯拉朽，而後轟然一聲，炸成了空白。

第三章　再相遇

得知噩耗的那段時間，儘管心裡十分清楚人死不能復生，卻也在無數個深夜，哭著請求老天爺讓他活過來。

只要他活著。

我們不要他紅了，不要資源，不要流量，不要名氣，我們什麼都不要了。

只要他平平安安活在這世上。

一邊哭著祈求著，一邊知道其實都是癡心妄想。

每一天，每一分，每一秒，都像有一把鈍刀，來來回回鋸著她的心臟，疼到崩潰，疼到絕望。

從未想過有一天，這個願望真的會實現。

直到那個身影消失在轉角，許摘星才終於找回自己身體的控制權，抹一把臉上的眼淚，拽著書包飛奔上去。

岑風站在街邊等紅綠燈。

許摘星不敢靠近，在他身後距離十公尺的地方停住。

這個時候的岑風身高已經很高了，只是略顯得瘦，衣服寬寬鬆鬆地罩在身上，雙手插口袋漠然而立，像漫畫裡走出的少年。

旁邊不少人在打量他，但他視若無睹，仍垂著頭盯著地面，渾身有股生人勿近的冷漠氣質。

許摘星的心臟幾乎快要跳出喉嚨，手指緊緊掐著書包背帶，眼眶來回紅了好多次，都被她憋回去了。

寶貝還活著呢！哭什麼，應該高興！不准哭！

岑風走她也走，岑風停她也停，就這麼渾渾噩噩暈暈乎乎悲喜交加跟了一路，最後岑風在夜市街口轉角處的三角區停下來。

許摘星站在馬路對面看著他。

看他取下背上的吉他，將吉他套放在地上，然後抱著吉他開始唱歌。

有人經過，扔了一塊零錢在他前面的吉他套裡。

他微微點頭，算作道謝。

許摘星終於反應過來了。

岑風在彈唱賣藝。

一時間，複雜混亂的心情更加複雜了。

她以前並沒有聽說中天讓練習生去街上賣過藝，無論是團綜還是紀錄片也都沒說過這件事，到底是怎麼回事？

為什麼哥哥會出來賣藝？

這麼冷的天！

中天你居然把我寶貝趕出來賣藝！你死了！我跟你不共戴天！

許摘星氣得發抖，又氣又心疼，等岑風彈完兩首歌後，她終於做好心理準備，深吸一口氣，鼓起勇氣走了過去。

一步一步，離他越來越近。

那張刻入她血液骨髓的五官，漸漸在她眼底清晰。

他抱著吉他站在路燈下，昏黃燈光勾勒出身體挺拔的線條，後來被稱作逆天顏值的五官還未長開，漂亮卻已經呼之欲出。

可他的神情是漠然的，好像無論他在唱什麼，彈什麼，路過的人怎麼圍觀，給了多少錢，他都毫不在意。

莫名的，許摘星心尖顫了一下。

她已經走到他的面前。

無論曾經還是現在，她從沒離他這麼近過。

岑風仍未抬眼，他垂眸撥弄琴弦，手指修長，指尖襯著琴弦，泛出冰冷冷的光。

直到一首歌彈完，他抬眸，看見對面淚流滿面的女孩。

她的神情好悲傷，可是當他抬頭時，卻努力擠出笑容。她壓著聲音小聲說：「哥哥，你唱歌真好聽。」

他回答：「謝謝。」

又低下頭，彈下一首歌。

從始至終，他沒有笑過。

許摘星終於看見他的眼睛，看見他瞳孔深處的冷漠。

為什麼會這樣啊？

她們最愛笑最溫暖的寶貝啊。

難道從很久很久以前開始，他就過得這麼不開心了嗎？難道從她們看到他開始，他所有的笑容和溫暖就已經是假像了嗎？

許摘星一瞬間泣不成聲。

這啜泣聲，終於引起了岑風的注意。

他皺了下眉，手掌按住琴弦，抬起頭，路燈籠著他冰冷眼窩，不僅沒有增添一分暖色，反而鍍上一層疏離。

許摘星也不想再哭了，可她控制不住。

圍觀的路人好奇又議論紛紛。

許摘星捂住臉，抽泣到打嗝：「真是……太丟臉了……對不起……嗚嗚嗚對不起……哥哥，對不起……」

她也不知道在對不起什麼。

可就是對不起，好多好多的話，好多好多的情緒，最後都化作了一句對不起。

她哭成這樣，岑風的藝是賣不下去了，再賣員警就該過來盤問了。

他俯身把盒子裡的幾十塊錢收起來放進口袋裡，然後把吉他裝回去，揹在背上。他微微垂眸，眼睫覆下陰影，連聲音都寡淡：「不要哭了。」

許摘星一下憋住氣，努力不再讓眼淚掉下來。

他說：「在這裡等我。」

許摘星還沒反應過來，岑風已經抬腿走了，她茫然看著他背影，大腦一時罷工。沒幾分鐘，岑風又走了回來，手裡拿著一杯熱奶茶。

他遞給她，語氣淡漠：「回家吧。」

許摘星盯著那杯奶茶，眼淚唰一下又下來了。

岑風：「……」

許摘星：「……」

嗚嗚嗚真是丟死人了，真的太丟人了。

她一把接過奶茶，抬起袖子胡亂抹了兩下，齆聲齆氣的：「謝謝……」

岑風略微頷首，然後轉身就走。

許摘星趕緊追上去：「哥哥！」

他回過頭來，臉上沒有不耐煩，微微側著頭，下頜尖削的線條隱在夜色裡，愈發有種不近人情的冰冷。

許摘星捧著奶茶杯，喉嚨發緊，嘴唇開闔好幾次才發出聲音：「哥哥，我還沒有給你錢。」

她小跑兩步走上前，把口袋裡所有的錢全部掏出來，一股腦地塞到他手裡。塞完之後，又囁囁地退回去，結結巴巴的：「這些……這些錢給你，謝謝你買奶茶給我，謝謝你……唱歌給我聽。」

岑風低頭看了看手中好幾張百元大鈔，又看看對面手足無措的少女，總算笑了一下。

那笑很淺，轉瞬即逝，許摘星卻從中看到了熟悉的溫暖，一時呆住了。

岑風把錢疊好，走過來放回還發著呆的許摘星手裡：「不用，早點回去吧。」

他轉身邁步，許摘星咬了下舌頭，提醒自己不要再失態，拽著書包跟上去：「我家就住這附近，很近的！哥哥，你也住這附近嗎？以後你還會到這來唱歌嗎？」

岑風看著前方夜色：「會。」

他腿長，步伐也邁得大，許摘星要小跑著才能跟上他：「哥哥，你是流浪歌手嗎？只在這裡賣藝嗎？還會去其他地方唱歌嗎？」

岑風腳步一頓，許摘星差點撞到他背上。

趕緊後退幾步，小心翼翼地看著他的神情。

他沒有不耐煩，只是依舊沒什麼表情，瞳孔倒映著忽明忽暗的夜色，透出幾分不應該屬於他這個年紀的暮氣沉沉。

他又說了一次：「回家吧。」

說完之後轉身過馬路，這一次，許摘星沒有再跟。

她看著他消瘦又冷清的背影消失在夜色中，握著手中漸漸失去溫度的熱奶茶，慢慢蹲下身來。

這個時候，腦子才終於能正常運轉。

才能去思考為什麼現在見到的岑風，會跟曾經那個人差別這麼大。

是因為，後來出道的那個岑風，帶著公司給的溫暖人設，掩蓋了所有的痛苦和傷疤，只讓她們看到了美好的一面。

看他總是笑著，就以為他愛笑。

看他待人溫柔，就以為世界對他也溫柔以待。

其實，早就千瘡百孔了啊。

那些爆料出來的黑暗只是冰山一角，沒有人能感同身受他經歷的一切。

許摘星蹲在地上緩了很久，終於抬頭看向他離開的方向。

這樣也很好。

這樣的岑風也很好。

已經發生的事她無能為力，但未來，一定，一定會握在她手裡。

許摘星捶捶發麻的腿站起身，捧著奶茶回了酒店。

第二天她起了個大早，一早就去宿舍外面等著，想再偷偷看他一次，但一直等到中午十二點也沒見到岑風出來。

只能搭車去機場。

走之前，找了家快遞店，把岑風買給她的那杯沒動過的奶茶打包寄回家。

機場安檢之後，她打了個電話給程佑，詢問家裡的情況。程佑聽說她馬上就要登上回S市的飛機，總算鬆了口氣，『沒露餡，昨晚我到家後跟我媽說妳回家了，妳媽媽也沒打電話過來問過，一切都在計畫中！』

說完了又激動道：『摘星，妳見到岑風了嗎？怎麼樣？你們出去玩了嗎？』

她笑了笑：「見到了，他還彈吉他給我聽了。」

程佑大驚小怪：『哇！妳好幸福啊！他居然還會彈吉他，想想就覺得好帥！』

聊了幾句就要登機，許摘星掛了電話，上飛機後開始趕作業，到S市時總算把週末作業都寫完了。

第二天，她從B市快遞回來的那杯奶茶也到了。

許摘星開開心心地把奶茶連帶吸管放在床頭，天天看天天看，每天早上起床的時候摸一摸，每晚睡覺的時候再摸一摸，一想到這是愛豆買給她的奶茶，簡直心都要融化了。

結果沒兩天放學回家一看，奶茶不見了。

許摘星火急火燎去找她媽：「媽，我床頭的奶茶呢！」

許母蜷在樓下沙發看電視，聽到她問，怪不開心地瞪了她一眼：「我還沒問妳！妳把餿了的奶茶放在床頭櫃上做什麼？我拉了一天肚子了！」

許摘星：「媽！」

我太難了。

就這麼失去了愛豆送的第一份禮物，許摘星一直到吃飯都悶悶不樂。

許母還往她心上插刀子：「妳說妳這個孩子，奶茶買來不喝，還供著！妳說妳供著它做什麼，它能保佑妳成績進步還是考試滿分？還好今天是我發現了，不然餿了的東西不知道要招多少蟑螂蟲蟻。」

許摘星：「……」

正說著，許父風塵僕僕地回來了。

他這幾天一直在老家處理許家大伯的事情，今天回S市，白天去了公司，現在才回家。

許摘星看到她爸回來，心情一下子變好了。她相信這幾天時間許延一定已經跟許父說了借錢創業的事，鉤子拋出來，現在該輪到她出場了！

劉阿姨幫許父盛飯上來，許母放過許摘星，開始問老家的事情處理得怎麼樣。

聽到許父說許延主動放棄了老家那幾棟房子和土地的繼承權，許母有些感慨：「許延這孩子，從小就在國外，跟我們不親，但是他媽教得好，懂事有禮貌，這次真的是委屈他了。」

許父嘆氣：「誰說不是，再怎麼跟許家不親，大哥的東西，也該是這個兒子的。四妹和五妹這次真的過分了，非要爭，虧許延不計較，要是因為這事鬧上了法庭，不知道多少人看笑話。」

許摘星看似專心看電視，實則豎著耳朵聽得十分認真。一聽許父說這話，心裡一品，就知道許延這一招以退為進走得很妙。

許延可不是任人拿捏的軟柿子，他若是真的想爭，老家那群親戚沒一個是他的對手。

許父本就重親情，現在眼見許延受了如此大的委屈，心裡必定更加愧疚。這時候許延再提出借錢創業的事，許父十有八九不會拒絕。

堂哥真厲害！

許摘星半點不為已經上套的老父親心疼，興致勃勃聽他繼續道：「說到這個，許延那孩子，昨天跟我借錢……」

許母筷子一頓：「借錢？他借錢做什麼？」

許父說：「他說他想創業，還給我看了他的企劃書。這孩子挺有想法的，人也穩重，今後的發展應該不會差。」

許母問：「這倒是，他還是國外那什麼名牌大學畢業的，今年研究所剛畢業吧？要我看，比老二一家有文化多了。創業是該支持，他借多少？」

許父比了個數字。

許摘星差點噴湯。

許延你也是真敢要。

許母也是震驚得不行：「這麼多！」

許父苦笑著點點頭：「這孩子，開口就要這麼多，看他那模樣，也不像是在開玩笑，還給我看了預算表，說是做娛樂經濟這塊前期投資比較大。要是以前，也不是拿不出來，這畢竟是大哥留在世上唯一的孩子，哪能不幫襯，可現在經濟不景氣，我公司……」

他說到這，想到許摘星還在桌上，轉頭看了一眼。

許摘星眼觀鼻鼻觀嘴，專心致志盯著電視上的古裝劇看，還在那傻樂。

許父這才又壓低聲音對許母道：「他雖然說是投資，我和他各占股份，他負責運營，我到時候直接分紅就行，可這筆數目不小……而且二哥前幾天不是想讓我跟他去做投資，現在手上能拿出來的流動資金不多，這……」

一直在專心看電視的許摘星突然若無其事開口：「我看投資大堂哥比投資二伯可靠多了。」

許母吼她：「吃妳的飯！大人說話小孩插什麼嘴，妳懂什麼！」

許摘星撇了下嘴，像故意跟她媽頂嘴似的，不開心道：「本來就是啊！二伯那個投資，我爸懂什麼？他又沒上過學，沒學過什麼經濟金融。」

她氣鼓鼓地看著許父：「你去了，什麼都不懂，什麼也不會，全靠二伯在弄，我們不是占人家便宜嗎？二伯一開始無所謂，後面長久了，人家也不開心啊。」

許父倒是沒想到這一層，愣愣看著許摘星。

許母反應過來女兒說得不錯，也沉吟了：「說的倒也是，我們不能什麼都不幹白拿錢啊。老二那個人，我說了你別生氣，氣度一般，長此以往，可能真的要鬧矛盾。」

許摘星刨了兩口飯，把視線轉向電視，繼續順口道：「大堂哥要做的那個娛樂經濟，不就是我爸公司的業務嗎？我爸還能盯著管著一點呢。我聽我們老師說，雞蛋不能放在同一個籃子裡，我爸現在只有一個公司，那萬一破產了，不就還有堂哥那個公司嗎。」

許母笑罵著拍她後腦勺：「妳這丫頭，說什麼破產呢？就不能說點吉利的，呸呸呸。」

許父聽她這麼說，倒是很贊同：「妳別老是打孩子，這麼聰明的腦袋瓜打傻了怎麼辦，我覺得摘星說得有道理。哎呀，我女兒果然像我，優秀！」

許摘星得意洋洋：「那是，我還知道幫急不幫窮呢。雖然二伯家也不窮，但是他也不急啊。反倒是大堂哥，剛畢業，一身抱負急待施展，正是需要錢的時候，我們怎麼樣也該幫大堂哥吧。而且二伯只是嘴上說說，我們什麼都沒見著，人家大堂哥還給了你企劃書呢，多實在啊。」

許延那邊拋出的鉤子已經夠多了，她要做的只是加固誘餌，這樣就足夠穩穩勾住她爸這條大魚。

唉，老爸，不要怪女兒給你下套，這都是為了你好。

許摘星吃完飯，扔下一句「我去寫作業了」上樓回房，留下許父一個人在下面獨自思考。但她知道，就像許延那次說「明天給妳答覆」一樣，許父的答案其實已經顯而易見了。

過世的大哥，唯一的血脈，光這一樣，已經足夠令天秤傾斜。

果然，沒過兩天，許摘星收到了許延傳來的簡訊：『成功。』

許父最終還是選擇了跟許延合作，創建了「辰星娛樂有限公司」，由他擔任法定代理人，許父持百分之五十一的股份，許延持百分之四十九的股份。

這筆投資畢竟不是小數目，不知道許父跟許延是怎麼談的，許父最終仍保證了他的最高行使權，但許延作為一分錢都不出的技術入股人才，最終占到了四十九的股份，並出任辰星娛樂的總經理，擁有公司事務的全部決策權。

許父的精力和時間肯定還是會繼續放在自己的星辰傳媒上，辰星娛樂那邊控股，多半是擔心許延年紀小不抗事，自己多少能看著點。

星辰傳媒年年虧損，這筆大投資一出，許父短時間內是再也拿不出流動資金搞風險投資了。不用再擔心許志文那頭作亂，許摘星總算鬆了一口長氣。

辰星娛樂是在B市註冊的，今後的主要發展也會放在B市，這是許延和許摘星共同的決定。

許摘星趁著許延去B市開始創業之路前，利用自己的「前瞻性」，做了一份策劃書交給他。

策劃書裡重點提到了辰星娛樂在現階段需要投資的綜藝、電視劇、電影有哪些，並且還羅列好幾個許延完全沒聽說過的人名，標注了每個人的基本資訊，讓他想辦法去把這幾個人簽下來。

有些是某某大學的學生，有些在B市某某酒吧駐唱，有些在某某影視城跑龍套，還有一個居然寫著在某某縣城的養豬場餵豬！

餵豬？妳在跟我開玩笑嗎？

許延簡直頭疼。

出發去B市的前一晚，許延到家裡來吃飯並道別。

飯桌上許父許母當然是對許延一頓交代叮囑，畢竟在他們眼裡許延還是個大孩子。剛沒了父親，母親又在國外，現在孤身一人去B市打拚，雖說有許父的資金支援，但現在這個經濟高速發展的時代，別說幾百萬，有時候幾千萬扔進去，可能連個水花都不會響。

許延全程微笑，都一一點頭應了，許父許母看他穩重禮貌的模樣，心裡多少踏實了些。

吃完飯，許摘星藉口要讓許延幫她輔導作業，把人叫到自己房間。

鎖上門，趕緊拿出自己那份計畫書的原檔，翻開之後逐條叮囑許延：「我寫的這些，你千萬要記住啊，一定要想辦法參與投資！前景非常好，絕對會紅的！千萬不要畏手畏腳，大膽放心地去投！」

又指著簽約藝人那一欄：「還有這些人，我都已經實地考察過，好苗子！包裝之後以後肯定會紅的！」

許延奇了怪了：「妳怎麼知道他們會紅？」

許摘星一本正經：「他們個個印堂發紅，命中帶火。」

許延一言難盡地看著她：「看不出來，妳還會看相。」

許摘星現在臉皮厚得不行：「慚愧慚愧，略知一二。」

許延有個優點，就是儘管他知道這個小堂妹身上有許多謎，但他不會追根究底。

等許摘星嘰哩呱啦說了半天，最後點頭承諾：「好，妳這上面寫的，我去了都會好好考察，如果真如妳所說，一定想辦法拿下。」

他翻到最後一頁，指著用紅筆圈起來又畫了個叉的名字：「這個叫岑風的，什麼情況？簽還是不簽？」

許摘星臉上生動的神情一下子消失了。

許延甚至從她臉上看到了某種莫名的難過。

好半天才聽到她說：「我本來想讓你去想辦法簽他的，但是……」她頓了頓，嘆了聲氣，悶悶道：「你去問一問吧，他就在上面寫的那個地址那唱歌，你問他要不要簽辰星，他如果不願意……」

許摘星低頭看自己的手指，再抬頭時，又恢復了許延熟悉的靈動：「他不願意就算啦。他現在是中天旗下的練習生，十年合約在身，毀約的話違約金大概不少。」

許延若有所思地點頭。

許摘星收起策劃書，又跟許延聊了一下自己的想法和計畫，等許母來喊，許延才告別離開。

睡覺前，許摘星又拿出那份策劃書看了看。

最後一頁，岑風的名字被她用紅筆劃去。

她的確想過，用最快的速度把他簽到辰星，杜絕今後所有的黑暗。

但不知道為什麼，她總覺得，岑風會拒絕。

✦

最迫切的投資誘騙已經解決，算是從源頭上杜絕了許家破產的可能。最重要的娛樂公司也已經創建，就等堂哥接下來的運營。

許摘星辦成這兩件大事，感覺自重生回來後壓在肩上的重擔輕了一半，總算可以安安穩穩睡個好覺了。

第二天許母公司安排體檢，許摘星一早就盯著這件事，看著她媽拿著體檢表出門才放心下來。

按照食道癌的潛伏期，這個時期的許母很大機率是還沒有患病的，只要從現在開始預防，改善飲食習慣，她相信問題不大！

沒幾天許母的體檢報告寄回家了，許母倒是沒放在心上，覺得自己身體超棒，許摘星一拿到檢查報告就迫不及待打開看了看，果然看見上面寫著疑似食道壁增厚，伴隨炎症，建議到醫院進一步複查。

許摘星趕緊去找她媽：「媽媽，醫生讓妳去醫院複查！說妳食道有問題！」

許母正在瀏覽近期各刊的報紙，沒空理她，敷衍地點點頭：「好好好，知道了。」

許摘星早就料到會這樣，掏出自己早早準備好的資料，啪一下拍在她媽面前的書桌上：「媽！不是跟妳開玩笑！妳看看，這都是不重視食道病變的後果！妳看看，食道壁增厚，食管炎都是食道癌的前身！醫生都建議妳去醫院進一步複查了，妳要聽醫生的話！」

許母被她拍下來的那個本子嚇了一跳，正要吼她，聽她接下來的一番話，倒是愣住了，下意識去看她丟下來的那個筆記本。

筆記本上逐條寫下了引發食道癌的原因以及哪些疾病容易惡化成食道癌，還剪了一些報紙書刊上關於食道癌的病例，貼在上面。

許摘星像個操心的老媽子一樣喋喋不休：「妳想想妳的飲食習慣，再看看這樣上面寫的食道癌誘因，是不是完美踩雷？早就跟妳說過，吃飯要慢，不要吃太燙太鹹的，不要老是生氣，要是哪天真得了癌症，妳忍心扔下我一個人嗎！」

許母簡直哭笑不得，心裡卻泛起一絲感動。

女兒是真的長大了，以前只知道吃吃玩玩樂樂，想的最多的就是她那一屋子限量版的娃娃，現在卻知道關心自己的身體，還跑去查資料。

她鄭重地把體檢報告收起來，摸摸女兒的腦袋：「好了，媽媽知道了，媽媽這週末就去。」

許摘星這才安心，又補上一句：「我跟妳一起去！」

許母一臉欣慰：「好。」

一到週末，許摘星就迫不及待催著她媽去醫院，還交代：「不要喝水，不要吃東西，可能會做胃鏡。健保卡和身分證都帶了嗎？」

許母有一瞬間覺得自己快不認識這個女兒了。

她好像在不經意間長大了、懂事了，曾經需要她操心的問題，許摘星自己就解決了，還反過來關心她。

沒有誰比她這個母親更清楚，女兒從小富養，一路寵著長大，是個衣來伸手飯來張口的小公主。

而現在，她突然不小公主了，身上多了一股陌生的韌性。

她不知道女兒經歷了什麼才會突然一夜之間長大，可她心裡突然莫名覺得難過。出門時眼眶紅紅的。

許摘星注意到母親的異樣：「媽媽，妳怎麼了？」

她以為自己昨天的話嚇到了母親，寬慰道：「哎呀，我昨天是往嚴重了說，不會有事的！今天只是去做個複查，問題不大！」

許母心中愈發酸澀，摟住她摸摸她的頭：「媽媽知道，媽媽不會有事的，我們摘星還沒長大呢，媽媽怎麼捨得丟下妳。」

差點把許摘星說哭了。

到醫院之後許母去做檢查，許摘星就坐在走廊上等著。曾經無數個日夜，她也是這樣守在空蕩蕩冷冰冰的走廊上，抱著微弱的希望，期待著奇跡的到來。

後來許母過世，她開始懼怕醫院，懼怕醫院消毒水的味道。可是她不得不來，因為還有癱瘓的父親需要治療，她害怕這個地方，卻不得不一次又一次踏入。

到最後，幾近麻木。

真幸運啊，還有重來一次的機會。

原來懷抱奇跡，奇跡真的會發生。

許母做完檢查，兩人在醫院外的餐廳吃了午飯，等到下午才拿到報告。跟許摘星想的一樣，許母現階段還未得病，只是有食道炎症和壁增厚，醫生拿著單子著重交代了她的飲食習慣，讓她定期來複查。

沒有大問題，兩人心情大好，離開醫院還去逛了下街，許母跟衣服鞋子不要錢似的買了一大堆給許摘星，試一套就說一套好看。

母女倆高高興興逛了一下午，大包小包提不下，最後還是叫許父的司機來接她們。

兩人本來說說笑笑的，一進屋才發現屋內氣氛不對。

晚飯已經端上桌了，但許父坐在客廳，劉阿姨站在廚房門口，一副噤若寒蟬的模樣，再一看，客廳還坐著另外一個人，看那背影，是狼子野心的許志文無疑了。

聽見開門聲，兩人同時回頭，許父趕緊把手上的菸掐了，站起來笑道：「回來啦？我正說要打電話給你們呢，飯都快冷了！」

許母點頭笑笑，走過去：「二哥來啦。」

許志文的臉色很不好看，生硬地應了一聲。

許母說：「一起吃飯吧。劉嫂，看飯菜需不需要熱一熱。欸，你兄弟倆喝酒嗎？二哥開車嗎？」

許志文看了許父一眼，突然冷笑一聲：「不吃了。吃什麼吃，氣都氣飽了。」

許母打圓場：「哎喲，這是怎麼了？都是一家人，有什麼事不能好好商量。」

許志文像是藉故發揮，蹭一下站起身：「一家人？妳問問老三，他有把我當一家人，當他二哥嗎？」

許父許母對視一眼，都沒說話。

許摘星走過去把手上大小袋子往沙發上一扔，笑吟吟的：「二伯，到底是什麼事讓你發這麼大的火啊？」

許母吼她：「吃飯去，大人的事，小孩別摻和。」

許摘星抄手而站，臉上還是笑著，聲音卻森森的：「不是，我只是好奇，到底是什麼事，值得二伯跑到我家裡來大發脾氣？不知道的，還以為我們住二伯的房子沒給錢呢。」

你算什麼東西，敢跑到我家裡來發火，凶這凶那的？

這是我家還是你家？

你還有臉？

許摘星火冒三丈，要不是顧及父母在場，真想口吐芬芳罵他個狗血淋頭。

許母其實心底也一直不是很喜歡許志文，覺得他氣度小虛偽，但親戚嘛，情面上總還是要顧及的。

聽許摘星這麼一說，再看自家老公一言不發承受的樣子，也是一肚子氣，強忍著沒發，涼涼道：「二哥，你既然到我家來了，也別含槍夾棍的。我家老許，哪裡惹到你了？」

許志文本來拿捏著哥哥的身分，被小姪女和弟媳這麼一嗆，臉色更不好看了。

許父受傳統思想影響深，又沒讀過書，重親情，更重長幼有序，哥哥教訓，自然是聽著，現在看女兒和老婆嗆哥哥，趕緊當和事佬：「算了別說了，這事怪我，二哥你也別氣了……」

他話沒說完，被許摘星毫不客氣地打斷：「什麼事怎麼就怪你了？法官斷案還要公堂聽證呢，不說出來給大家聽聽，怎麼知道孰是孰非？」

許父是真的不知道自己女兒這麼能言善道，一時間愣愣地看著她。

許母也不是傻子，這麼長時間，自然猜到許志文為何而來：「是因為給許延投資那事吧？怎麼，二哥對這件事有意見？」

豈止是有意見，他簡直是想殺人了。

他的資金鏈已經斷了很久，合作方那邊也有了撤資的意向，他好不容易說動許父投資來填他這個黑洞，結果一個葬禮的事，到手的錢就飛了，飛到了在他眼中跟許家八竿子打不到的許延口袋。

今天他拿著合約開開心心地來找許父，得知這麼一個消息，差點表演當場去世。甚至開始怨恨大哥，早不死晚不死，偏偏這個時候死，招來那個許延，現在要害死他了。

他自然氣不過，張嘴閉嘴都是許延那個外人來騙錢，沒想到許父那麼維護許延，說那是大哥唯一的孩子，不是外人，品行端正，不可能騙錢。

然後就吵起來了。

許志文也只拿性格老實脾氣好的許父有辦法，現在許母和許摘星這麼一嗆，剛才的囂張瞬間就沒了，換上一臉怒其不爭的無奈：「那個許延從小就離開許家，跟他媽一條心，這些年不知道在國外染上什麼惡習。他說投資做公司你還真的信？說不定拿去買大麻吸毒！」

許摘星差點氣笑了：「你說歸說，怎麼還搞上人身污蔑了？」

許志文現在也知道這丫頭不喜歡自己，不理她，繼續一副痛心疾首的模樣看著許父：「難道我還會害你嗎？整個許家，沒有誰會比二哥更希望你好！我事事想著你，你倒好，轉頭就把這麼一大筆錢扔給那個來歷不明的外人！」

許父嘴笨，想辯解又插不上話，任由許志文在那痛心疾首地指責，完了還說：「這事，你自己想你該怎麼處理！」

許摘星終於忍不住了，無視她爸的怒瞪，她媽的拉扯，往前一站：「那你倒是說說，你想怎麼處理？」

許志文：「……」

還沒說話，許摘星像是看透他的想法，目露譏誚道：「是不是趁著現在錢還沒花出去，找許延撤回投資？然後投給你？」

許父大聲道：「摘星！」

許摘星絲毫不懼，冷笑著看著許志文：「我尋思著，這錢是我爸自己的錢吧？自己的錢自己想怎麼用就怎麼用，跟你有關係嗎？你怎麼還插手起我們家的錢了？盤古開天的時候也沒你這麼大臉吧？」

許志文：「……」

許父：「……」

許母：「……」

第四章　上天摘星星給你

整個房間安靜得詭異。

許父許母面面相覷，眼神交匯。

這丫頭，不是數學小老師嗎？國文什麼時候也變得這麼好？還會用典故罵人了？

不對，這不是重點！

許父趕緊站起來，一副要收拾她的模樣：「怎麼跟妳二伯說話的！還不給我回房間去！」

話是這麼說，臉上卻沒有多少怒容，被女兒那幾句話點醒了。

是啊，我自己的錢，我樂意投給誰就投給誰，怎麼還輪到你來指指點點，甚至跑到我家裡來鬧了？

許母倒是覺得女兒這一通罵罵得她神清氣爽，大聲道：「回什麼房間？飯都沒吃呢！孩子天天上學那麼辛苦，餓出病來你不心疼我心疼！摘星，去吃飯。」

許摘星抿起唇角笑了笑，乖乖轉身往飯桌走，走了兩步又回過頭來看著許志文，笑吟吟道：「二伯，再生氣飯還是要吃的，別氣壞了身子哈。」

許父接話：「對對對，飯還是要吃的，二哥，吃飯吧。」

許志文差點被氣瘋，血壓都飆高了，整張臉通紅，蹭一下站起身：「不吃了！你們家這飯我也吃不起！」

說完，怒氣騰騰走向門口。

他可能還指望許父許母喊兩聲，結果誰也沒開口，只聽見許摘星開開心心說：「吃飯囉——哇，今天又有糖醋小排，劉姨我愛妳！」

許志文憤怒地摔門走了。

屋裡靜了片刻，許母噗一聲笑了。

許父瞪了她一眼，看她笑得那麼開心，也忍不住笑起來。兩個人走到飯桌坐下，都事後諸葛一樣責備許摘星：「妳這丫頭，怎麼沒大沒小的，以後再插嘴，看我不收拾妳！」

許摘星撇撇嘴，心說，我還沒開大呢。

許志文要是敢再來，就讓他見識見識追星女孩口吐芬芳的厲害！

許母說教了許摘星幾句，又把矛頭對準許父：「整個許家，我就沒見過誰像你這麼窩囊！都被人蹬鼻子上臉了，連屁都不敢放一個！今天要不是我們及時回來，我看你就要被老二踩死！」

許父怪不高興地瞪她：「怎麼說話的？那是我二哥，大哥不在了，他就是我唯一的哥哥！小時候要是沒有兩個哥哥照顧，我能不能活下來都是個問題！」

老一輩的人就是喜歡拿小時候說事，小時候的恩情能念到大，念到死。

許摘星哼哼唧唧：「人都是會變的啊，我小時候還是個圓臉呢，現在都變成瓜子臉了。」

許父：「妳還說！妳二伯一年四季買多少巧克力給妳，都到吃哪去了？」

許摘星不甘示弱：「買巧克力給我的人多了去了，也沒見誰整天惦記著我家這點錢啊？」

許父一頓，皺下眉來：「別胡說！」

許摘星覺得不趁這個機會把事情說開，她爹還要再上許志文的當，乾脆把筷子一擱，「那不然他為什麼要發這麼大的火？就算你把資金投給大堂哥了，對他也沒造成什麼損失啊。他口口聲聲說這個案子想著你，想讓你賺錢，你不投了，大不了就是你不賺錢了，虧的是你，跟他有什麼關係？他犯得著為這事跟你大動肝火？」

許父眼神閃爍了兩下，回憶起來這幾次許志文找他簽合約時流露出的急迫模樣，沉默著不說話。

許摘星看她爹這模樣就知道他把話聽進去了，一針見血道：「他之所以這麼生氣，是因為你不投資這件事，最終損害了他的利益。所以很簡單，事實就是他不是想讓你賺錢，而是急需這筆錢來救急。現在錢沒了，他不生氣誰生氣？」

許父還沒說話，許母震驚地看過來：「天啊，我的寶貝女兒腦袋瓜什麼時候變得這麼聰明了？」

許父眉頭深鎖，雖然沒說話，但看那神情，就知道是默認了。

許摘星嘆了聲氣，夾了一塊糖醋小排：「照我說，你也別老是想著搞什麼投資大賺一筆，什麼都不懂，被人賣了還幫人數錢。還不如好好做你的本職工作呢。」

許父若有所思地點頭，反應過來頓時樂了：「誰被賣了還數錢？有這麼跟爸爸說話的嗎？」

許母也笑到不行，一家人其樂融融，許摘星偷偷在桌子底下比耶。

許父就是太重親情了，一旦戳破這層關係，狼子野心不愁他看不見。

她記得不久後，許志文誆騙許父投資的那個專案，就會因為合作方捲款逃跑資金鏈斷層宣告破產，還登上了財經雜誌。

那一次虧的是許父的錢，這一次，輪到他自己了。

解決了這個大反派，許摘星心情大好，晚飯都多吃了兩碗。

等到晚上睡覺時，許母翻來覆去回憶自家女兒今天的表現，忍不住捅捅看報紙的許父：「你有沒有覺得摘星現在不一樣了？」

許父心不在焉的：「哪裡不一樣，這不是挺好。」

許母琢磨：「我以前也沒見她腦子裡裝這麼多事啊？嘶，好像一下子長大了，你有沒有發現？有時候說話做事都像個小大人了。」

許父把報紙一擱：「這還不好？省得妳天天操心。我女兒就是像我，聰明，優秀。」

許母掐了他一下：「看看看，看那麼多有什麼用！還不是什麼都不懂！今天要不是女兒，你還不知道要被老二牽著鼻子走多遠！像你，我看像你就完了！」

母親到底是心細，察覺許摘星的改變，心裡不是滋味，最後一錘定音：「從下週開始幫女兒漲一倍的零用錢！」

對這一切一無所知的許摘星美美睡了一覺，第二天揹著書包高高興興去上學。

早自習結束，學校舉行升旗儀式和週一例行會報。

睏蔫蔫的許摘星聽到教務主任唾沫飛濺地通報了幾個蹺課的名字，「其中行為最嚴重的周明昱同學！因蹺課一週，記大過處分！希望這些同學好好反省，身為高中生，該做什麼，不該做什麼！」

許摘星瞌睡都沒了，趕緊扯了扯旁邊的程佑：「周明昱怎麼蹺了那麼久的課啊！」

程佑也睏到不行：「不是跟妳說了嗎，他天天不上課，去別的學校找岑風了。」

許摘星急了：「他怎麼還再找？我以為一、兩天就沒了啊！」

程佑有氣無力：「他不是說了嗎，不找到誓不甘休。唉，有這精神氣，用在課業上多好啊。」

許摘星簡直服氣了。

這個人是不是有病？是不是？

她記得她因為成績好，周明昱跟她在一起後也一改之前的惡習開始專心讀書，雖然高二就分手了，但最後升學考周明昱是考上了一所地方大學的。

照現在這個形式下去，他考個屁。

重來一次，許摘星只想要那些受到傷害的人過得更好，可不希望原本過得很好的人一落千丈。

思來想去，許摘星決定找周明昱談談。

中午午休，她拒絕了程佑一起去食堂吃飯的邀請，直奔周明昱的教室。到的時候，果然看見這個年級墊底的差生坐在最後一排跟他那些狐朋狗友打鬧。

許摘星站在門口喊：「周明昱！出來！」

周明昱抬頭看見是她，眼睛一亮，轉瞬間又暗下去，臉上也換上一副臭屁的神情，好像在說：曾經的我妳愛理不理，現在的我妳高攀不起！

許摘星快被這個幼稚的人氣死了，直接走過去，問他：「你蹺課做什麼？」

身邊的狐朋狗友立刻起鬨，周明昱踐得不行，拿鼻孔看她：「關妳什麼事？」

這個年齡的小男孩，真的是太叛逆了。

許摘星頭疼，被他用鼻孔瞪了半天，深吸一口氣，放軟態度：「你到底想做什麼？我跟你說的難道不夠清楚嗎？你繼續這樣下去只會害了你自己。」

周明昱牙齒咬得緊緊的，像是受到了天大的委屈，狠狠道：「妳說的很清楚！妳就是說的太清楚了！所以我要把那個人找出來，我要找出來看看，我到底哪裡不如他！」

許摘星又想笑又想打人：「誰？岑風？」

周明昱抬著下巴不說話。

許摘星嘆了聲氣：「我沒有跟他在一起，這輩子都不會跟他在一起的。」

周明昱愣了一下，像是沒聽懂她在說什麼，腦袋卻慢慢低下來，不用鼻孔看她了。

許摘星看著他的眼睛：「我不會跟他在一起，也不會跟你在一起。因為我只想好好讀書，考一個好大學，你明白嗎？」

周明昱還是愣愣的。

許摘星心說，這孩子長得這麼好，怎麼就是腦子不好呢。

她拍拍他的手臂，語重心長：「我言盡於此，你好好想想吧。十五歲了，不小了，別再腦子一熱做錯事，今後後悔都來不及。」

說完，轉身就走。

一直到她走出教室門，周明昱像才反應過來似的，抓抓腦袋，看向身邊幾個目瞪口呆的狐朋狗友，囁嚅道：「她說話好像我媽哦。」

狐朋狗友：「……」

那你這大半學期到底追她幹什麼？你不如回去追你媽？

告誡完周明昱，許摘星才晃到學生餐廳去吃飯，端著餐盤找位子的時候，大老遠就聽見程佑和一群女生在尖叫。

「真的嗎？舟舟真的回覆妳了嗎？天啊，好羨慕妳啊。」

許摘星走過去坐下：「你們在聊什麼？」

程佑看見她，一臉激動地湊過來：「摘星！林立舟回覆彤彤了！」

許摘星夾了塊紅燒肉放進嘴裡：「林立舟？誰啊？」

周圍的女生頓時一言難盡地看著她，程佑說：「不是吧摘星，妳連林立舟都不知道啊？情歌小王子啊！他超紅的好不好！」

許摘星愣了半天才想起來是有這麼個人，但是她記得這人在她上大學的時候就因為吸毒被抓了，之後就是查無此人的狀態。

現在是還當紅著。

不對啊，現在社群軟體什麼的，國內都還沒流行起來呢，明星在哪跟粉絲互動啊？

這話一問出口，周圍的嫌棄眼神更甚，程佑都鄙視地看著她：「妳連部落格都沒有嗎？舟舟昨晚上更新了部落格，彤彤留言了，然後就被回覆了！」

對哦，怎麼把部落格忘了。

部落格是社群的前身，這個時候的明星人手一個，發照片發文章發感言，一應俱全。

許摘星若有所思，吃著吃著，突然愣住了。

那岑風是不是也有部落格？

啊啊啊啊啊終於又有地方給哥哥吹彩虹屁了！

許摘星飯也不吃了，興奮地掏出手機，正想下載個ＡＰＰ來搞一搞，突然反應過來，現在還沒有ＡＰＰ。

只有網頁瀏覽器，和緩緩旋轉的3Ｇ。

她只能耐著性子先戳開網頁，找到官網，再註冊帳號。她上一世混跡粉圈的ＩＤ叫「上天摘星星給你」，此時繼續沿用，註冊成功後迫不及待搜尋岑風的名字。

一搜，還真的有。

部落格名就叫「岑風」，大頭照也是他的照片。放大了看，是他在練習室跳舞的照片，穿著黑背心戴著帽子，身材頎長又勁瘦，手臂線條漂亮，尖削下頷上還掛著汗珠。

他看著地面，鎖骨籠在陰影中，順著黑色背心一路蜿蜒至深處，整個人顯得張力十足，又Ａ又欲。

許摘星差點當場表演鼻血噴射。

怎麼回事？這是什麼時候的照片？她怎麼從來沒看到過？這個時候的哥哥還沒成年啊我靠，這麼Ａ的嗎？

岑風後來出道走的是溫柔路線，穿著打扮也十分保守，毫不露骨。反倒是隊長兼C位的尹暢走的是酷帥人設，時不時露個腹肌送福利。

以前就有團粉開玩笑問，岑風是把隊友們的衣服都穿在自己身上了嗎？

這差別也太大了。

S-Star出道後，之前的帳號都註銷了，許摘星去關注岑風的時候，只有社群帳號。

這些可都是獨家照片啊！快點下載下來保存起來！

許摘星捧著手機足足看了五分鐘才回過神，抬頭時鬼鬼祟祟看了看四周。

很好，沒有人發現，她的寶貝暫時還只是她一個人的！

發完花癡，趕緊點開愛豆的首頁。

最新一篇文章，已經是大半年前了。標題是〈吃晚飯〉，內容只有一張照片，是花壇邊的幾隻小花貓，湊在一堆吃碗裡的貓糧。

應是黃昏，光線朦朧，花壇綠植正盛，落日透過枝葉罅隙投在地面，映出地上半抹清瘦影子。

再往前翻，就是他平時訓練的一些照片和記錄。很少，總共只有十多篇，最早的一篇是兩年前，他拍了一張練習生大樓的照片，寫了一句「新的開始」。

下面的留言很少，只有一些路人留下一兩句「路過」。

兩年前，是他剛簽約練習生的時候，獨自一人來到陌生的城市，懷揣著忐忑與希望，相信將來會更好。

許摘星一開始還有心思花癡這些照片，看到後面，就只剩下難過。

這樣溫暖的少年，會對未來懷有憧憬和期望，會每天傍晚餵流浪貓。是經歷了什麼，才在這短短兩年時間內，變成了她前不久看到的那個冷漠孤僻的模樣。

她恨不得現在立馬生出一雙翅膀飛到B市，把人從那個煉獄中救出來。

許摘星也吃不下飯了，拒絕了程佑她們一起回教室的要求，獨自一人跑到籃球場後面，掏出手機打電話給許延。

新公司上路，許延挺忙的，足足打了三遍才有人接。

聽聲音果然也在忙，有些嘈雜：『摘星，什麼事？』

許摘星怕耽誤他，趕緊道：「哥，你去問岑風了嗎？就是策劃書最後一頁我用紅筆劃掉的那個名字，你去找他了嗎？他答應簽辰星了嗎？」

許延跟助理吩咐了兩句，才拿著手機走遠一些，聲音也清晰起來：『派人去過了，他不願意。』

許摘星一愣：「派人？你沒去啊？」

許延笑：『我哪有時間，我讓助理去的。』

許摘星急道：「那……那他怎麼說的啊？為什麼不簽啊？是不是對合約有意見啊？」

那頭頓了頓，許延語氣探究：『妳跟這個岑風很熟？這麼關心他。』

許摘星吶吶的：「我這不是……不想公司失去一個好苗子嘛。你的助理有沒有跟你說，他是不是長得超帥，唱歌超好聽！」

許延笑了笑，不知道有沒有聽出她的敷衍，但也沒拆穿：『是個好苗子，但他的態度很排斥，助理回來跟我說，他說明情況後，對方只回了他兩個字，「不簽」。任憑他再怎麼勸，多一個字都沒有。』

許摘星雖然早就料到這個局面，但剛才看了岑風的部落格，更加直接地瞭解了他這兩年來的變化，真是一刻也等不住了。

哀求許延：「哥，你再去一次吧。你親自去，拿出誠意來，你跟他說，只要他願意簽辰星，我們幫他付違約金，他有什麼要求都可以提。」

等她說完，許延沉默了好一陣子才開口：『妳說的是簽藝人還是做慈善？』

許摘星快哭了，聲音都哽咽：「求你了哥，就當我借你的錢。賠的違約金，他提的條件折算成等價現金，等我畢業了來公司工作，我一定成倍還給你，我求你了。」

那頭有人在喊許總，許延應了一聲，頭疼地嘆氣：『行，今天忙完了我就親自去一趟，可以吧？』

許摘星眼眶發熱：「謝謝哥，哥你最好了！」

掛了電話，許摘星又獨自一人在籃球場後面坐了很久。她拿著手機，看著半年前那篇最新的文章，點開留言區，字打了又刪，刪了又打，一直到下午上課鈴響起，才終於發出了一則留言。

——『要像小貓一樣按時吃飯呀！』

太大的願望都是奢求，她現在只希望他能按時吃飯，照顧好自己。

有了這麼一件事，許摘星整個下午都鬱鬱寡歡，課也沒聽進去，放學後就開始等許延的電話。

吃飯的時候許母看她那著急坐不住的樣子，還問她是不是屁股長瘡了。

她這頭等得急不可耐，許延那頭倒也不是故意拖延，公司事情一忙完他就開車出發，又遇到晚上高峰期，塞了車，到達目的地時正是夜市繁華的時候。

雖是冬天，逛夜市的人卻不少，整條街顯出鬧哄哄的熱鬧來，他一眼就看見站在轉角處彈琴的少年。

只是一眼，許延就不由得感嘆，難怪自己那個小堂妹如此上心，這個少年的氣質實在是太出眾了。

在這樣充滿煙火氣息的喧鬧俗世中，唯他所立之地不似人間。

許延覺得他都不用做什麼，這樣的氣質，只需要往舞臺上一站，就會有無數粉絲為他奮不顧身搖旗吶喊。

他之前不當回事的漫不經心被濃濃的興趣取代，穿過人行道走到岑風身邊時，他抱著吉他正在唱歌。

許延沒打擾他，等他唱完一首才掏出兩百塊錢放進他面前的吉他盒裡。

岑風沒說話，仍垂著眼眸，微微點了下頭，算作道謝示意。手指撥動琴弦，又要唱下一首歌。

許延笑吟吟開口：「你的聲音很不錯，唱歌很好聽。」

他看到眼前的少年微不可查地皺了下眉。

許延知道在這樣的人面前，迂迴賣關子反而會拉低好感，於是直接道：「我的助理來找過你，你拒絕他了。」

少年終於抬頭，濃密睫毛覆在眼瞼，更顯得陰影濃郁。

許延終於知道他身上那種與眾不同的氣質來自哪裡。

他的眼睛，空無一物，像覆滿火山灰的山頭，白茫茫一片毫無生機，只有無欲無求的厭世感。

真神奇，這個年紀的少年，怎麼會有這樣的氣質。

許延笑意友善，拿出自己的名片遞過去：「你好，我叫許延，辰星娛樂的總經理。我和我的公司都很欣賞你。你不必急著拒絕，可以先聽聽我給出的條件。」

他這番話說得很有誠意，凡是有心在這個圈子發展的人，絕不會拒絕。

可岑風不在他的意料之中。

他沒有接名片，連神情都毫無變化，只是眼底漠然的抗拒更濃，聲音冷得像寒冰：「不簽。」

說完這句話，他俯身拿起吉他套，裝好吉他，轉身就走。

許延頭疼，想到小堂妹的交代，抬步跟上去：「你和中天的違約金我們願意幫你墊付，你有什麼要求都可以加在合約裡。辰星的誠意很足，希望你能認真考慮一下。」

少年腳步一頓，回過頭。

許延一喜，就聽見他面無表情地說：「別再來找我。」

不加掩飾的厭惡和抗拒。

許延知道沒機會了。

他在原地站了一下，嘆了長長一口氣，轉身往回走。口袋裡的手機震動起來。拿起來一看，是許摘星實在等不及，打電話過來詢問了。

許延無奈地接通：「喂。」

那頭迫不及待：『哥怎麼樣？你去找他了嗎？他怎麼說的？他答應了嗎？』

許延看了看岑風走遠的背影：「沒有。」

他的語氣無奈又感嘆，「全程只跟我說了兩句話，『不簽』、『別再來找我』。」

許摘星沉默了一下，聲音悶悶的：『我說的那些要求，你都跟他說了嗎？』

許延邊走邊道：「說了。但他的態度很堅決，毫不客氣地拒絕了我。」

他頓了頓，有點遺憾：「妳的眼光是不錯，可惜被中天搶先了。」

許摘星說不出話來，只覺心裡鬱悶。

為什麼啊？既然在那裡過得不開心，換個地方不好嗎？

是他不相信新公司的誠意，還是中天有什麼讓他堅持留下來的理由？

許延等了半天，沒聽到她說話，寬慰道：「人各有志，強求不來。也許是因為辰星剛剛創立，沒有名氣，等過幾年打出名聲，妳再去簽他也來得及。」

許摘星還是不說話。

許延又說：「剛好打電話了，跟妳說一下公司最近的情況，聽不聽？」

好半天，才聽到她有氣無力道：『聽。』

許延笑了笑，大概跟她說了一下，她策劃書上說的那幾個電視綜藝，他都已經開始在接洽了，但是辰星是新公司，老總又是剛畢業的新人，圈子裡大部分都看不上，大概需要花一段時間才能拿下來。

至於她說的那幾個藝人，除了岑風，其他人在收到公司拋出的橄欖枝後都有簽約意向，最近正在商談合約，簽下的希望很大。

雖然許摘星現在只是個沒成年的高中生，但在許延眼裡，還是把她當做成熟的合作夥伴看待，細枝末葉都一一說給她聽。

末了，大概是為了逗她開心，笑著道：「還有個事，妳名單裡那個在縣城餵豬的人，妳上哪找到這麼一個寶藏的？太有趣了。」

許摘星也笑：『他怎麼了？』

許延說：「他跟我派去的助理說，他不想出道，只想餵豬。」

許摘星快笑死了：『你讓助理跟他說，他出道了也可以餵豬，以後還可以讓幾千萬網友看他直播餵豬。哥你可千萬要把這人磨下來，商業價值很大的。』

這可是幾年之後的直播界開山鼻祖，首代網紅王，許多明星的名氣都沒他大，紅了一個時代。一開始是因為豬跑了，他去追豬的影片躥紅，後來開了直播，不僅直播養豬，還直播割豬草、煮豬食，賺了錢後直接買下了養豬場。

主要是人長得帥，抱著豬食棍都像抱了把ＡＫ。

後來他還出了一個短片，叫《那些年，我追過的豬》，Youtube 播放量第三。

許延笑著應了，許摘星又針對剛才聊到的一些問題說了些自己的想法，聊了接近一個小時才掛電話。

倒是讓心情沒那麼沉悶了。

她坐在床上發了一下呆，又拿出手機登錄部落格，點進岑風的首頁看了看。

什麼都沒有，一切如舊，她的留言靜靜躺在底下。

許摘星想了想，繼續在底下留言。

——『天黑啦，該睡覺了，不要熬夜呀，晚安。』

不要熬夜，按時吃飯，好好休息，健健康康。

這就是她對他全部的心願。

知道岑風有部落格後，許摘星感覺自己所有的思念和喜歡都有了擱置的地方，就像以前每天滑社群滑論壇一樣，時不時就要拿出手機登錄部落格看一看。

當然岑風沒有給她驚喜。

沒有更新、沒有回覆、沒有互動，冷清得像是被棄用已久的帳號。

她不敢留太多言，克制自己每天只留一則，儘管如此，一段時間下來，部落格下面一眼望去全是「上天摘星星給你」的留言。

許摘星憂傷地想，要是岑風哪天登錄看到這麼多同一個人的留言，會不會以為她是癡漢騷擾狂啊？

可她還是控制不住每天去留一則言，想讓他知道，他不是孤獨一個人，還有人在關心他。

現在這個時候的高中生，低階一點的在玩聊天軟體個人空間，高級一點的都在玩部落格，班裡同學一天到晚都在互相路過，程佑也想去「路過」許摘星一下，無奈許摘星不告訴她帳號。

笑話，部落格是有訪問足跡的，讓這群人順藤摸瓜找到岑風的部落格怎麼辦！找到岑風倒也沒什麼，萬一在岑風那裡看到自己癡漢一樣的留言，她還要不要面子了！

捂緊自己的帳號！

程佑打聽不到她的帳號，轉而介紹別人的帳號給她：「妳知道周明昱的部落格叫什麼嗎？」

許摘星還是很配合這個八卦的小同學的：「叫什麼？」

程佑：「手可摘星辰！」

許摘星：「噗……」

這人到底有完沒完！

程佑感嘆地看了她幾眼：「我現在突然不是很討厭他了，他雖然成績不好，性格也不好，但是還蠻深情的。」

她想到什麼，八卦的神情生動起來，壓低聲音道：「妳知道嗎，宋雅南每天都去周明昱的部落格下留言！什麼天涼添衣啊，要開心呀，咦……太可怕了！簡直看得我起雞皮疙瘩！」

許摘星：「……」

不敢說話。

這不就是留言給岑風的自己嗎……

還好沒告訴她自己的帳號！

許摘星轉著筆：「宋雅南喜歡周明昱啊？」

程佑不可置信地看著她：「妳才知道啊！妳知道周明昱追妳的這段時間，宋雅南在她的部落格寫了多少篇淒美心碎小散文嗎？今天早上我們去福利社的時候在樓梯口遇到她，她還瞪妳呢！」

許摘星：「……沒注意。」

程佑痛心疾首：「我看妳腦子裡除了岑風什麼都沒裝！我想說妳最近脾氣怎麼這麼好，任由宋雅南跟她那群小姐妹講妳壞話也沒去找她麻煩，結果妳根本不知道！」

許摘星想了想，要是以前的自己聽說這件事，的確會去撕爛宋雅南的嘴。

但她現在不是重生了嗎，不能跟這群小孩計較。

於是懶洋洋道：「隨便她說，又不會掉塊肉。」

程佑恨鐵不成鋼：「妳變了摘星！妳以前不是這樣的！妳以前很勇敢的！」

許摘星：「……」

這他媽怎麼還跟勇敢扯上關係了？

許摘星對高中的記憶已經很淡了，今天要不是程佑說起宋雅南，她根本想不起還有這麼號人物。

之前不知道無所謂，現在知道了，再遇到就沒辦法無視了。

宋雅南果然在瞪她！

程佑也發現了，趕緊捅捅她的腰。

宋雅南跟她的小姐妹團走在一起，她是校花，家裡也有錢，身邊聚集的都是富二代。雖然都是穿校服，但書包、鞋子、手錶卻彰顯了和其他人的差別。

看到許摘星，都是一副同仇敵愾的模樣。

其中一個小姐妹故意大聲道：「真不知道有些男生的眼光怎麼會差成那樣，放著真正的千金不喜歡，去追假公主。」

另一個立刻接腔：「別侮辱公主了，哪家公主還穿洗得發白的破球鞋。」

許摘星：？

妳們看不起我可以，怎麼能看不起我這雙限量版球鞋？妳們知道再過十年這雙鞋值一間海景房嗎！

諷刺完許摘星，姐妹團又轉頭捧宋雅南：「南南，妳這個包好好看啊，是ＬＶ的新款吧？國內都沒上呢。」

宋雅南靦腆一笑：「是我爸從法國帶回來給我的，全球限量，一般人買不到。」

周圍頓時一片驚呼羨慕。

程佑氣得牙癢癢，正狠狠瞪她們，許摘星用手把她的腦袋扭回來，若無其事道：「有什麼好看的，我媽說小孩揹奢侈品折壽。」

程佑：「噗……」

宋雅南：？？？

一直到走出校門，程佑還笑個不停，挽著她的手臂直不起腰：「摘星，妳的嘴什麼時候變這麼毒了。」

許摘星微微一笑，深藏追星女孩的功與名。

回到家，許父還沒回來，一問劉阿姨，說許父來過電話，今天不回來吃飯了。

許摘星捧著飯碗思索，許父已經接連好幾天加班了，是公司出了什麼事嗎？

等她晚上寫完作業躺在床上逛了逛岑風的部落格後，才聽見樓下許父開門的聲音。進屋之後就直奔書房，又開始忙起來。

許摘星想了想，下樓去熱了杯牛奶端進書房。

許父戴著眼鏡坐在電腦前，神色顯出幾分嚴肅，看見女兒端著牛奶進來，神情柔和了一些，「還沒睡啊？」

許摘星走過去：「剛寫完作業，爸你最近怎麼老是不回來吃飯啊。」

許父捶捶肩，接過牛奶喝了兩口：「公司事情多，等忙完這陣子爸爸就回家陪妳吃飯。」

許摘星看了看他的電腦桌面，隨手拿起旁邊的檔案翻了翻，發現是一份招標文件。她盯著那文件看了半天才想起來，當年S市是舉辦了一場冬運會，像這種大型體育賽事，廣告投放是很重要的，只是她記得，後來拿到冬運會全程廣告專案的，是另一家公司。

許摘星問：「爸，你最近在競標冬運會啊？」

許父這才看見她在翻文件，趕緊接過來：「別亂翻，爸爸工作呢，回妳房間玩。」

許摘星屁股一抬，坐到辦公桌上：「我還不睏呢，你跟我說說唄。」

許父無奈：「妳一個小孩子打聽這些做什麼，搞好妳的課業才是正經事，趕緊回去。」

許摘星托著下巴笑嘻嘻的：「讀書太容易了，我精力用不完。你上次還誇我腦袋聰明呢，你這麼愁眉苦臉的，說出來我幫你想想辦法。」

許父看了她幾眼，想起她之前一連串「英勇」事件，再加上老婆整天在他耳邊碎碎念，摘星好像長大了，摘星現在想事成熟了，摘星終於懂事了，心裡居然還真動搖了那麼幾下。

他沉吟了一下，簡單說了說：「是在競標冬運會，但是幾個新公司勢頭很猛，特別是那個宋氏傳媒，不知道哪個親戚在宣發部當官，我預估這次很難拿下來。」

宋氏傳媒？宋雅南她家的公司？

搞了半天，她們還是對手啊。

許摘星晃蕩著小腳，一副故作老成的模樣：「我說爸，這就是你鑽牛角尖了吧？明知道人家上面有人，明知道拿不下來，你還在這糾結什麼？不如趁早放棄搞點別的。」

許父嘆氣：「不爭一下始終不甘心，星辰在S市這麼多年了，名聲人脈都在，爭一爭或許還是有機會的。」

他沒跟許摘星說的是，公司已經空窗了很長一段時間，很久沒有拿到大案子了。這是目前最有可能的機會，所以他才那麼堅持。

許摘星看了他一下子，坐直身子緩緩說：「爸，人要服老，公司也一樣。星辰太老了，你得承認，它的運營模式在快速發展的傳媒行業已經不占優勢了。」

她嘆了嘆氣，「我們班同學都在玩部落格，人手一個聊天軟體，不管是什麼新聞，在網路上傳播最快。」

她認真地看著許父問：「你知道部落格是什麼嗎？它的廣告運營方式是什麼嗎？聊天推送的影響力和範圍有多大嗎？」

許父不可思議地看著她。

他當然明白這一切。

可他沒有想到，記憶中少不經事的女兒，已經在他的忽視中，成長得這樣迅速。

許摘星語氣冷靜：「一切都在發展，不管是你還是星辰，都要向前看。星辰之前的那些積累，在現在看來，已經毫無優勢可言了，你要另尋出路。」

許父不知不覺被她牽著走，下意識問：「那妳覺得出路在哪？」

許摘星就等他這句話，開心地從辦公桌跳下來，把她爹趕開，打開電腦網頁搜尋了有關房地產的新聞出來。

此時正是房地產欣欣向榮的高速發展期。

許摘星一拍桌子：「我同學她爸投資房地產賺了好多錢，今天還買全球限量版的ＬＶ包包給她！爸爸，我也要！我也要ＬＶ的包包！買！買全球限量的！兩個夠嗎？夠了，謝謝爸爸，爸爸真好！」

許父：「……」

剛才還在誇妳成熟懂事，現在妳就跟我來這個？

房地產，跟公司八竿子打不著的行業……

許摘星打了個哈欠：「你要是拿不定主意，可以問問許延堂哥啊。他留過學見過世面，現在又在B市創業，他的建議可以聽一聽的。我去睡了啊。」

許父向來不靈光的腦袋現在轉得飛快，視線仍落在網頁上那一排排報導房地產的新聞上，敷衍地揮了下手：「趕緊去。」

許摘星拋鉤成功，心滿意足地回去了。

回房之後她傳了訊息給許延，讓他幫忙整理一份近五年來房地產的發展趨勢和資料增長報告，等許父來諮詢的時候，傳給許父。

許延回了個問號。

意思很明顯，妳又搞什麼鬼？

許摘星：『唉，其實一切都是為了那個全球限量版的LV包包。』

許延：『……』

第五章　十分甜的愛豆

第二天中午在學校食堂吃飯的時候，許摘星收到許延的簡訊，說許父果然打電話諮詢他房地產的事，他也按照囑咐把整理的報告傳給了許父。

之後幾天許父沒再提這事，但是每天下午都按時回家吃飯了，看上去也不再愁眉苦臉，反而有點紅光滿面的意氣風發。

許摘星看破不說破，她最近也很忙，天天往小報亭跑。其他同學都是蹲偶像的期刊或者青春小說，只有她，日盼夜盼那一本財經雜誌。

終於在週五放學的時候盼到了。

許摘星高興得就差飛起來，一路狂奔到家，在門口的時候調整一下表情，把滿臉的喜悅壓下去，換上屬於戲精的驚訝。

推門而入，直奔沙發上看電視的許父：「天啦爸爸！妳猜我今天陪同學去買雜誌的時候看到什麼了！」

許父頭也不回道：「哪個封面上的小帥哥？」

許摘星：「我是那種膚淺的人嗎！」

她把財經雜誌遞過去，表情十分到位：「你看這個，振林這個公司，不就是二伯讓你投資的那個嗎？這上面說破產了！合作夥伴捲款潛逃，標題都上封面了呢！」

許父神色一震，立刻拿起雜誌翻看。

許摘星在旁邊瞅著，唉聲嘆氣：「好好一個公司，怎麼說破產就破產了呢，明明之前二伯還信誓旦旦地說投它能賺大錢呢。」

許父越看臉色越沉，都上財經雜誌了，可見這事鬧得有多大，現在再聯想之前許志文的種種表現，許父一拍茶几憤然而起：「居心叵測！」

許摘星裝模作樣地後怕：「對啊對啊，看來我之前猜的沒錯！還好沒有把錢投給他，不然破產的就是我們了！」

許父臉色幾經變換，最終長長嘆了一聲氣。

吃飯的時候許母也知道這事了，照常是先把許父罵一頓，然後再誇許摘星聰明機智，最後還說許父：「你還要好好感謝人家許延！要不是許延可靠，你這錢早就被人騙走了！」

許父凝重地點點頭，想到什麼又感慨道：「許延這孩子是不錯，我前兩天打電話給他諮詢房地產的事，嘿，這小子，二話不說做了一份近五年房地產行業的資料表給我，解了我的燃眉之急啊！」

許母驚訝：「是嗎？欸我說，你沒事打聽房地產行業做什麼？」

許父看了許摘星一眼，笑瞇瞇的：「還是女兒給了我啟發，沒必要在一棵樹上吊死。」

許摘星趁機問：「爸，你找到投資案了嗎？」

許父現在也不把她當小孩子看了，心裡面還是很肯定女兒的成長和智慧，沉吟道：「已經在接觸了，這段時間也跟我那幾個做建材的朋友聊了聊，他們也很看好這個的前景，主要還是瞭解太少，不敢輕易下手。」

許摘星若無其事道：「我聽我同學說，城北那邊在蓋遊樂園。」

許父一愣：「城北？那挺偏的啊，遊樂園蓋在那裡，會有人去玩嗎？」

許摘星說：「現在是偏，將來可說不好。有了遊樂園之後，去的人多了就會刺激消費，有消費了就會有商家落戶，漸漸就會形成商業區。」

城北可是幾年之後S市重點規劃的城市區域，無論地皮還是房價都一夜瘋漲，那兩年不知道因為這個原因暴富了多少人。

許父這段時間都在研究這個欣欣向榮的行業，許延傳過來的資料也認真看了很多遍，現在許摘星一點，他就明白了。

不過房地產投資可不是小錢，那麼一大筆錢扔進去，等於是把整個星辰傳媒搭進去了，他還是有點猶豫。

許摘星繼續道：「那邊現在挺荒涼的，地皮應該也挺便宜吧？很容易從政府手裡拿地，畢竟競標的人少嘛。那種已經劃入規劃區的地方是沒有風險，可是貴呀，你都不一定能爭得過那些老牌的房地產公司。」

說得倒也是。

許父飯都沒心思吃了，筷子一擱，自己回書房琢磨去了。

許母不贊同地責備許摘星：「妳天天不好好上學，瞎琢磨大人這點事做什麼。說得頭頭是道的，不知道的還以為妳上輩子是沈萬三！」

許摘星：「我上輩子是不是沈萬三不好說，但妳要是把我早生幾年，我們家現在應該已經是S市首富了。」

許母：？？？

許父雖然沒上過學，性格老實，腦子也不像其他商人一樣狡猾靈光，但他勝在果決，凡是拿定主意的事絕不拖泥帶水，一個字，就是幹！

這也是他曾經能把星辰傳媒做起來的原因，經過這段時間的考察研究，一番深思熟慮之後，當即拍板，搞城北！

於是星辰風風火火的轉行投資就開始了。

起初同行業的公司聽聞這件事，都嘲諷許父是被這兩年連續虧空和新媒體衝擊逼得走投無路了，才會放棄主業跑去搞毫不相關的房地產。

搞房地產也就算了，居然拿了城北那塊鳥不拉屎雞不下蛋的地方，你把房子蓋到那裡去給鬼住啊？

許父零星聽到過，一笑了之沒放在心上。只是偶爾商界酒會上，以宋氏傳媒為首的那群曾經的競爭對手，都會當面奚落幾句。

自從星辰傳媒放棄了冬運會的競標，宋氏唯一的威脅也沒了，順利拿到了專案。於是業界都說，宋氏終於一舉擊潰了霸占龍頭多年的星辰，成為新一代的老大。星辰彷彿灰溜溜的手下敗將，以前仰仗它吃飯的小貓小狗也敢跑來踩兩腳了。

每當此時，許父仍是那副樂呵呵的老實人模樣，像是一拳打在棉花上，讓人踩都踩得不過癮。

他也不知道是真傻聽不懂，還是全然不放在心上。

不過有一點可以確定，凡是他決定的事，就是天塌下來，也要去做。

這些許父都沒在家裡說過。

但許摘星還是感受到了。

因為宋雅南天天在學校散播她家破產的謠言。

應該是宋雅南在家的時候聽她爸說過，一開始傳的還是許摘星爸爸的公司競爭不過她家的公司，主動放棄競標轉投其他案子，等後來傳到許摘星耳朵的時候，就是她家破產了。

程佑氣憤地將這些謠言說給許摘星聽之後，依舊免不了被謠言打動，擔心地將她從頭打腳打量一遍，小心問：「摘星，妳最近怎麼都沒穿妳最愛的那個牌子的球鞋啦？」

是不是穿不起了？

許摘星用鞋尖踢踢她椅子：「看看姐妹這雙鞋，別看它現在不出名，將來可是各大商店的鎮店之寶！」

程佑權當她不好意思承認，嘆著氣正想安慰幾句，許摘星把一直在圖描的畫紙遞過來：「好看嗎？」

程佑低頭一看，發現紙上是鉛筆素描的一件裙子，她不懂畫畫，更別說服裝設計了，只是單從視覺效果來評價：「好看！這是妳畫的啊？」

許摘星滿意地笑：「對，我要拿去參加比賽。」

「什麼比賽？」

「巴黎時裝設計大賽。」

程佑一頭霧水：「這是什麼比賽啊？我怎麼聽都沒聽過？妳還會時裝設計？」

許摘星斜她一眼：「妳當我一屋子的芭比娃娃白搜集了嗎？好了好了，坐過去，我還沒畫完，初賽報名這週末就要截止了，我要抓緊時間。」

巴黎時裝設計大賽三年一屆，含金量非常高，評審委員都是世界各國拿過大獎的知名設計師或者各大藝術高校的教授，在時裝界非常有影響力。

每一屆的獲獎冠軍都會跟巴黎主辦方那邊有直接合作，共同推出這個冠軍設計師的時裝品牌，可以說是一舉躍為高端時尚人士，享譽盛名。

許摘星當年大學畢業後曾拿著自己的畢設作品去參加過，成功通過了初賽。但複賽要求設計師將設計圖上的作品製作出來，並經由模特兒穿上身，透過T臺走秀的模式讓評委直觀點評打分。

許摘星設計的這套作品，定位之一就是高奢。

她那時候一窮二白，別說把這件裙子製作出來，連模特兒都請不起，最後只能遺憾退賽。畢業後雖然一直在婚紗店工作，幫新娘子化妝，搞搞婚紗設計，但夢想從未丟棄，之後幾年她一直在改進設計，力求更加完美，並且努力存錢，爭取再戰。

現在這一年，剛好是這一屆比賽的時間，這次時間金錢都充裕，說什麼都要再去試一試。

程佑聽她說完，似懂非是地點頭，還握拳：「那到時候妳把網頁給我，我發動全家幫妳投票！」

放學的時候，兩人手挽著手說說笑笑走出教學大樓，迎面又碰上宋雅南一行人。

學校就這麼大，抬頭不見低頭見，總不能每次遇到都針鋒相對。許摘星扯扯程佑，往另一頭走。

饒是如此，還是聽到後面那群人含沙射影的譏諷。

程佑覺得那些話聽得刺耳，想轉過去打人，一看許摘星，還是那副無所謂的模樣，簡直服氣了：「摘星，妳怎麼不生氣啊？她們真的太過分了！」

許摘星一副深沉的語氣：「忍她，讓她，避她，由她，耐她，不要理她。再過幾年，妳且看她。」

程佑：「……」

妳家是不是真的破產了妳跟我說實話！

週末放假，許摘星花了兩天時間修改好設計圖，趕在報名截止前的一小時將作品寄到了參賽信箱裡。

這是面向全世界的大賽，不限年齡，不限性別，不限國籍，初賽也是匿名評選，做到了絕對的公平公正。

接下來就是等結果了。

臨近期末，她還要複習，倒是不覺得焦心難等。曾經的畢設作品都能成功通過初賽，這次經過她幾年精雕細琢的作品應該更沒問題。

等期末考結束，臨近過年的時候，許摘星收到了主辦方回覆的郵件，恭喜她的作品成功通過初賽，請她於三月開春之際遞交確認書和作品成品圖，參加在B市舉辦的複賽。

許摘星一開始沒跟家裡說她參加比賽的事，現在需要開始準備縫製作品需要的材料，各種布料、碎鑽、絲線都要精挑細選，開銷不小，憑她的零用錢肯定是不夠的。

吃飯的時候她把這事跟許父許母說了，讓他們支援自己一點資金。

許父許母一開始聽到這消息，還不以為意。自家女兒從小就愛鼓搗她那些洋娃娃，小學的時候就買了臺縫紉機給她放在房間，任由她玩。

現在許摘星開心地跟他們說自己通過了時裝大賽的初賽，父母還以為是什麼幫洋娃娃做衣服的比賽。

直到吃完飯許摘星給他們看了主辦方的郵件，他們又上網搜了搜這個比賽，看到國際、高端、高奢幾個詞，才知道女兒不是鬧著玩的。

許母半信半疑打量她半天：「那些小打小鬧也能進？這比賽不會是什麼野臺班子搞來騙人圈錢的吧？」

許父怪不高興地瞪了許母一眼：「去去去，我女兒多厲害，從小就有設計天賦！妳沒看新聞上說的，能進入複賽的都是世界知名設計新秀！」

許母還是覺得不可信，許父想了想，決定打個電話給許延。

自從透過給房地產資料那件事，再加上許志文專案破產，許延公司卻蒸蒸日上，許父現在對他十分滿意，覺得這孩子可靠，一有什麼拿不定的事都喜歡問問他的建議。

電話接通之後許父開了擴音，把比賽的事說了一遍，許母在旁邊插嘴道：「許延啊，你幫我們問問，那比賽可靠嗎？摘星還說要去B市參加複賽呢。」

時尚向來和娛樂圈關聯緊密，許延哪能不知道這個知名度如此高的國際大賽。

他是真的沒想到這個小堂妹又給了他這麼大的驚喜。

先是誇了摘星幾句，又跟許父許母講了講這個大賽的規模和影響力，最後笑著道：『能進入複賽，已經是對設計師極大的肯定了。二叔，二嬸，摘星真的很厲害。』

電話一掛，許父抱著許摘星就是一頓搓揉，「我女兒太優秀了！太優秀了！哎呀，我是怎麼生出這麼優秀的女兒的？」

許母也放下心來，喜上眉梢：「那是妳生的嗎？那是我生的！摘星，需要多少錢妳跟妳爸說，讓妳爸把附屬卡的上限開高一點！」

許摘星趁機道：「過完年趁著沒開學，我要去一趟B市，有些材料要在那邊才能買到，而且還要提前聯絡模特兒。」

有許延在B市，許父許母這次倒是放心同意了，等年一過，就幫許摘星買了機票，把她送到機場，看著她登機了，又聯絡許延一定要提前去接人。

歷經幾小時的飛行之後，許摘星終於又踏上了這座她魂牽夢繞的城市。

許延早早就在出口等著了，等許摘星出來，笑著接過她的行李箱。

許摘星一見面就拍馬屁：「哥，你又變帥了！簡直就是行走的霸道總裁！」

許延：「剛來妳就有事求我？」

許摘星：「……」

這麼快就被看穿了嗎？

要不然怎麼說是金牌經紀人呢，看人的眼光也太毒了吧……

許摘星嘿嘿笑，屁顛屁顛跟著許延上了他那輛黑色的賓士，等車開動了才道：「我爸媽是不是跟你說要讓我活在你的眼皮子底下，不能放我一個人，我容易闖禍？」

許延倒著車，「嗯」了一聲。

許摘星義正言辭：「我怎麼能這麼不懂事呢？是公司的事重要還是我重要？你儘管去忙，不用管我！」

許延似笑非笑看了她一眼，不知道想到什麼，挑了下眉梢，語氣不明問：「妳是不是想去找岑風？」

許摘星：？？？

在這人面前還能不能有點隱私了？他到底是學傳媒的還是心理學的？

都不用等她回答，看她的神情就知道了。許延嗤笑一聲，一邊開車一邊慢悠悠道：「早戀啊？」

許摘星差點暴起：「誰早戀？什麼早戀？你不要胡說！」

我配嗎？

許延意味深長地哦了一聲。

許摘星為自己辯解：「欣賞你懂不懂？就像我們欣賞藍藍的天、閃閃的星、彎彎的月亮，是那種對美好可望而不可即的欣賞！」

許延說：「那妳欣賞他什麼？」

許摘星斬釘截鐵：「當然是欣賞他的才華！」

說完了，又覺得有點沒底氣，補上一句：「還有帥氣！」

許延笑著看了她一眼，終於不逗她了：「行，妳想什麼時候去提前跟我說一聲，我送妳過去。」

許摘星：「擇日不如撞日，你看今天怎麼樣？」

許延：「……」

B市最近還在下雪。

許延在這裡租了個兩室的房子，客房已經提前收拾好了，許摘星把行李放好，想到晚上會冷，又拿出自己的帽子圍巾戴好，裹得圓滾滾的，才跟著許延出門。

許延先帶她去吃了飯，打電話給許父許母報了平安，才開車帶她去找岑風。

許摘星不想岑風看見自己和許延在一起，隔了一段距離就讓停車了，扒著車窗交代：

「哥，你離遠點啊，別讓他看見你。」

許延不想說話，揮手讓她趕緊走。

許摘星對著車窗正了正自己毛茸茸的帽子，開心地蹦蹦跳跳走了。

走快一點，再走快一點。

馬上就要見到朝思暮想的那個人。

到最後，幾乎飛奔起來。

那樣雀躍又珍重的心情。

跑到斑馬線對面的時候，許摘星才停住。她有點熱，小口喘著氣，呼吸在寒冷的空氣中化作道道白氣，露在外面的半張小臉紅撲撲的。

終於又見到他。

他一點都沒變，黑色T恤外面添了一件外套，頭髮長長了一些，淺淺遮住眼睛，被冬夜的寒風吹得微微飛揚。

許摘星順著人流走過斑馬線，每近一步，心跳劇烈得快要跳出喉嚨。

她在心裡提醒自己，這次一定不能再哭了！

一步一步，越來越近，直至在他面前站定。許摘星聞到空氣中冰冷的菸草味，他彈琴的手指凍得通紅，卻不影響動作和旋律。

他好像更瘦了一些，下頷愈發尖削，整個人有種刺人的冷硬感。

許摘星心疼得要命。

有好多話想問他。

為什麼不好好吃飯呢？身體最重要啊。

為什麼拒絕辰星呢？中天對你不好，離開那裡不好嗎？

是不是過得很不開心啊？我要怎麼做，你才能開心一點點呢？

可她什麼都沒說，就這麼站在他面前，聽他彈了一首又一首歌。

真好呀，又可以聽他唱歌。

他的小手指真好看，骨節分明，彈琴的時候性感得要命。

那個時候，被踩斷的時候，一定很疼吧。

等她知道是哪個狗東西幹的，她一定要打斷他的的狗腿！

她就這麼胡思亂想，看著岑風眼睛都捨不得眨一下。不知道過了多久，旁邊突然傳來一聲怒斥：「岑風！」

許摘星下意識轉頭，就看見不遠處有些微胖的中年男人怒氣沖沖走了過來。

岑風沒有抬頭，只是手掌按住琴弦，停了唱了一半的歌。

許摘星還在記憶中搜索自己以前在岑風的團隊裡有沒有見過這個來者不善的胖子，人已經走到跟前，指著岑風的鼻尖罵道：「公司嚴令規定不准出來賣藝，你把規則當耳邊風嗎？一天到晚不好好訓練，你當公司是你家開的啊？你不想混了就早點滾！別給老子找麻煩！」

他狠狠一腳踢在那個裝錢的吉他套上，怒聲引得周圍路人頻頻張望：「你掉錢眼裡了是不是？這才多少錢？你唱一晚上能賺多少錢？你浪費掉的這些訓練時間，對公司造成了多大的損失你算過嗎！」

吉他套本來就輕，被他一腳踢翻，風一吹，零錢飛得到處都是。

許摘星差點氣瘋了，顧不上罵人，趕緊跑去撿錢。

這可是愛豆挨了一晚上的凍辛辛苦苦賺來的錢！

本來毫無表情的岑風愣了一下，看著那個蹲在地上急急忙忙的身影，把吉他往地上一放，無視還在怒罵的胖子，走了過去。

他腿長韌帶好，一彎腰就把剩下的幾張零錢撿了起來，許摘星抓著一把零錢抬頭，聽見他低聲說：「謝謝。」

她眼眶有點紅，不知道是凍得還是氣得，唰一下站起身，把撿回來的錢塞到他手裡，轉身氣勢洶洶地衝到還在發火的胖子身邊。

張口就罵：「你這個人怎麼回事？說話就說話，你動手動腳做什麼？你媽沒教過你尊重人，你小學老師沒教過你什麼叫禮貌嗎？賣藝怎麼了？賣藝也是憑自己能力賺來的錢！我看你年紀也不小了，怎麼就只長了歲數沒長教養？」

胖子驚疑不定地看著不知道從哪來冒出來的小女孩，不客氣道：「我教訓我自己公司的員工，跟妳有什麼關係？趕緊給我讓開！」

許摘星憤怒地瞪著他，唰一下張開雙手，像護崽一樣擋在他面前，恨不得跟他拚命了：「員工就沒人權了？員工就能讓你這麼侮辱了？怎麼現代社會成立這麼多年了，你還當自己是古時候的大地主嗎？」

胖子被這個牙尖嘴利的小丫頭嗆得說不出話來，下意識伸手去推她：「妳給我讓開！」

那手還沒碰到許摘星，就被一隻骨節分明的手捏住了手腕，狠狠往上一掰。

胖子頓時疼得吸氣，勃然大怒：「岑風你做什麼！你給老子放手！你他媽還想不想混了！」

許摘星猛地回頭。

岑風就站在她身後，手臂從她肩頭躍過，捏住了胖子的手腕。

這一下並不客氣，因為用力，連指節都泛白了，可見手背上鼓起的道道青筋。

他神色仍是冷漠，眼神卻尖銳，像自漆黑的瞳孔深處刺出一把鋒利的刀，帶著殺人一百自毀三千的狠戾，要拖著眼前的人一起下地獄。

胖子被他這個眼神嚇到，一時噤聲。

可很快，那眼神褪去，戾氣遍尋不到，又恢復了死寂沉沉，像剛才的一切都是錯覺。

他鬆開手，把許摘星拉到自己身後，聲音明明平靜漠然，卻聽得人打顫：「對，不想混了，怎麼樣？」

這邊的動靜很快引起了路人的圍觀，紛紛停住指指點點。

胖子丟不起這個人，也可能是被岑風剛才的眼神嚇到，臉色幾經變換，最終什麼也沒說，狠狠瞪了他一眼，狼狽轉身匆匆走了。

岑風收回視線，垂眸掃了還仰著頭怔怔看著自己的許摘星一眼，轉身走回去拿起地上的吉他，裝回盒子裡。

許摘星總算回過神來，小心翼翼地蹭過去，抿了抿唇，才緊巴巴地問：「哥哥，你還記得我嗎？」

岑風看了她一眼，將裝好的吉他搭在背上。

她的手掌在衣角蹭了蹭，有些緊張地小聲提醒：「去年秋天，你在這裡彈琴，買了一杯奶茶給我……」

聲音越說越小，臉上浮現懊惱的神情。

剛才還是太衝動了！

讓愛豆看到她那麼彪悍的一面，什麼好印象都沒了，嗚嗚嗚。

岑風揹好吉他，將手揣在褲子口袋裡，背脊微微的躬，低頭打量面前的女孩。

她穿得好厚，整個人圓滾滾的，紅色的圍巾從脖頸一路圍到下頷，頭上還戴了個毛茸茸的帽子，帽頂有兩隻紅色的狐狸耳朵，被夜風吹得前後左右地晃。

只有半張臉露在外面，被寒夜凍得發紅，睫毛覆滿了細碎雪花，根根分明，眼睛明亮清透，笑起來的時候，彎成月牙的形狀。

他在她懊惱的神情中淡淡開口：「記得。」

她的眼神一下子亮了，小臉紅撲撲的，聲音裡都是掩飾不住的雀躍：「哥哥，好久沒有見到你了，這次換我請你喝飲料吧？」

天還下著雪。

他揣在口袋裡的手指顫了一下，好半天才淡淡應了一聲：「嗯。」

許摘星高興壞了，跟著他走到不遠處的飲料店。她看了看招牌菜單，轉頭問：「哥哥，你喜歡喝什麼？」

她當然知道他的口味，可還是小心地徵求他的意見。

岑風看著裹挾飛雪的夜色：「隨便。」

許摘星非常豪氣地喊老闆：「老闆！兩杯焦糖奶茶，加紅豆和珍珠！十分糖！要熱的！」

愛豆喜歡吃甜食，飲料喝十分糖。雖然焦糖加紅豆十分糖會舔到膩人，但愛豆喜歡，大家都跟著 get 同款，再甜再胖也沒關係。

岑風眸色微閃，低頭看了她一眼。

許摘星付了錢，按捺住撲通亂撞的心臟，儘量讓自己表現正常，等老闆做好飲料插上吸管遞過來，高興地喝了一口。

差點被甜暈過去。

這個時候連飲料都沒有以後好喝！

她努力咽下去，偷偷看了咬著吸管神情不變的岑風一眼，遲疑問：「哥哥，好喝嗎？」

岑風說：「好喝。」

許摘星：「……」

果然不愧是我十分甜的愛豆！

他說好喝，再喝的時候，竟然也就真的覺得沒那麼難喝了。

許摘星心裡像灌了蜜一樣，捧著奶茶叭叭地喝著，亦步亦趨跟在他身後。

走了沒多遠，岑風腳步一頓，轉過身看著她：「不回家嗎？」

她這才從蜜糖中清醒過來，趕緊後退兩步：「要，要！」

雖然她有很多話想問他，想跟他說要好好照顧自己，不要委屈自己，可張了張嘴，什麼都說不出來。

岑風已經收回視線：「謝謝妳的飲料。」

許摘星搖了搖頭，努力讓聲音輕快：「不用謝！你快回去吧，外面冷！」

岑風點了下頭，轉身離開，沒走幾步，少女乖巧的聲音從身後傳來：「哥哥，我明晚還來這裡聽你唱歌呀。」

他沒有回應。

✦

回到宿舍的時候，室友都已經睡下了。

他現在住的這個地方是公司安排的練習生宿舍，一共住了四個人，每人單獨一個房間。岑風沒開燈，走到自己房間門口時，走廊對門由外而內拉開了。

尹暢穿著睡衣，頭髮亂糟糟的，俊秀五官顯得人畜無害，聲音隨著屋內的燈光漫過來：「哥，你今天怎麼回來得這麼晚？」

岑風沒理他，擰開自己的房門走進去，把吉他放下來，脫衣服換鞋。

尹暢跟著過來，杵在門口欲言又止地看著他，最後像下定決心似的開口道：「哥，我今天在公司聽到牛哥說要找你麻煩。聽說上面對你遲到早退，不訓練出去賣唱這件事很不滿。」

他不贊同地看著岑風：「哥，你這一年為什麼變化這麼大啊？難道你不想出道了嗎？」

岑風換上黑色背心和拖鞋，毛巾搭在脖子上，露出來的手臂和小腿線條分明，將軟糯清瘦的尹暢一下子比了下去。

他淡淡掃了他一眼：「說完了嗎？說完了就出去。」

尹暢被他噎得臉都紅了。

他數次示好都沒換來岑風一句好話，畢竟年輕，眼神藏不住事，臉上還是那副委委屈屈的樣子，眼裡卻溢出惡意。

岑風面無表情，側身從門口走出去，去浴室洗澡。

尹暢深吸兩口氣，對著他的背影喊：「岑風！就算你對公司不滿，也不必發洩到我身上吧？我拿你當兄弟，你把我當成什麼了？」

回應他的是浴室門關上的聲音。

緊接著水聲嘩嘩，裡面的人似乎全然沒把他的話放在心上，無論他說什麼做什麼，都換不來對方一個眼神。

尹暢回想兩年前，他們剛來公司時。他和岑風是同一批練習生，分在同一個宿舍，岑風大他一歲，他乖巧地喊一聲哥，岑風就真的將他當做弟弟照顧。

什麼都讓著他，什麼都想著他。幫他糾正發音，陪他練舞，他不會的動作一節一節幫他扣，他韌帶不好，岑風就抬著他的腿一點一點幫他壓。

公司有人罵他娘炮，岑風揮著拳頭就上去幫他打架。

十幾歲的少年，一個人面對一群人也不虛，嘴角被對方打腫了，還笑著安慰他：「不怕，他們以後不敢再說了。」

那時候，他是真心把岑風當哥，感激他。

是從什麼時候開始變味的呢？

是舞蹈老師不加掩飾地誇獎岑風卻罵他笨手笨腳時，是聲樂老師讚嘆岑風有天賦卻看著他搖頭時，是岑風半年就能熟彈鋼琴，而他還在磕磕絆絆練《拜厄練習曲》時。

他知道自己不該嫉妒。

可他控制不住，那些眼紅的、妒忌的、怨恨的情緒，像細密的網，一圈一圈纏住他的心臟，勒出了血。

可他掩飾得很好。一邊在內心妒恨，一邊享受著岑風的照顧。

直到……

直到去年。

岑風因為發燒沒去訓練，渾渾噩噩睡了一覺醒來後，看他的眼神就變了。

他突如其來變了一個人，冷漠、孤僻，獨來獨往、我行我素，渾身都長滿了刺，扎得人不敢靠近。

尹暢一開始以為是自己的小心思被察覺了，惶惶不可終日，裝作關心的模樣小心地去討好，可無論他做什麼，岑風再也沒有回應過。

他甚至故意跟其他練習生起衝突，然而最後只得到了岑風漠視的眼神。

他不僅疏遠了自己，也斷絕了跟周圍所有人的往來。他開始懈怠訓練，遲到早退，甚至像個神經病一樣跑去夜市賣唱。

管理練習生的牛哥好說歹說，也沒能讓他收斂半分。他們都說，曾經最好的苗子就這麼毀了，公司可能會放棄這個人了。

尹暢一邊暗自開心著，一邊又擔心如果岑風離開，今後誰來幫他？那些曾經欺負他的人如果又來針對他怎麼辦？

今天聽說牛哥氣勢洶洶去夜市教訓岑風了，他本來還等著岑風回來探探口風。沒想到依舊碰了一鼻子灰。

尹暢氣得咬牙，但又無可奈何，盯著緊閉的浴室門看了半天，最後回房狠狠摔上了門。

岑風洗完澡，滿身濕氣回到自己房間。

宿舍沒有暖氣，冬天取暖都是靠公司分配給練習生的小太陽電暖爐。他不愛用，整個房間冷冰冰的，連壁燈都透著寒。

吹乾頭髮，他把今天賺的錢放進存錢的盒子裡，看了堆滿書桌的機械零件和書本一眼，抱著電腦坐到床上，打開瀏覽器，搜尋新的機械組裝影片。

一直看到深夜，退出影片正要關電腦時，瀏覽器右下角彈出一個小框：『你有99＋則部落格留言』。

部落格？

他頓了一下，點開了提醒。

出道後，那些帳號都是公司在管理，連他們自己曾經用過的部落格都被統一註銷了。重生回來後，他都忘記自己還有個部落格帳號。

頁面彈出來，最新的內容還是去年他餵流浪貓的照片。

岑風點進留言區。

終於知道99＋的訊息都來自哪裡。

全是一個叫「上天摘星星給你」的ＩＤ。

他順著頁面往下拉，一則則看過去，一開始的畫風還很正常。

——『要像小貓一樣按時吃飯呀』

——『天黑啦，該睡覺了，不要熬夜呀，晚安。』

——『降溫啦，你那裡下雪了嗎？記得添衣呀。』

——『今天在路邊看到一朵超好看的小花，傳給你看！』

——『今天考數學遇到一道不會的題！啊啊啊我的年級第一保不住了』

然後逐漸變成了。

——『你這麼好看像話嗎？』

——『要了我的命對你有什麼好處？』

——『oh 上帝啊看看這該死的帥氣吧！』

岑風：「……」

這誰？

有病？

第六章　雪夜

中天規定的常規訓練時間是從早上八點到下午六點，中午休息一小時。但大多數練習生都會加練，練到晚上十一、二點也是常有的事。

他們放棄了學業，簽了十年合約，除了努力練習出道，已經沒有退路可走了。

岑風曾是其中的翹楚，去得最早走得最晚，但現在儼然成了最不思進取的一個。尹暢已經跟著其他練習生在訓練室流過一輪汗了，岑風才姍姍來遲。

他戴著黑色的棒球帽，不跟任何人說話，帽簷壓得很低，遮住大半張臉，在舞蹈老師痛心疾首的目光中跳完今天需要練習的舞蹈，然後就往牆角一坐，像座冷冰冰的雕塑，望著窗外發呆。

這是練習生們昨天才開始學習的舞，尹暢連分解動作都還沒學完，而他已經能一拍沒錯完整完美地跳出來。

舞蹈老師驚嘆又難過，驚嘆於他的天賦，難過他的自甘墮落。

但該說的該勸的，這一年來都已經試過了，這個曾經在他們眼中最好的苗子，已經被貼上了放棄的標籤。

老師嘆了幾聲氣，拍拍手把其他練習生的目光吸引過來，「來，再練兩遍。方文樂，別盯著岑風看了，人家閉著眼都跳得比你好！」

訓練室一陣哄笑，尹暢咬著牙根收回視線，暗自下決心，一定要超過他！

快到中午的時候，牛濤的助理來喊岑風：「牛哥讓你去辦公室一趟。」

牛濤就是昨晚去夜市找他麻煩的人，是公司專門負責管理練習生這塊的主管。岑風站起身，沉默著走出去。

他一走，訓練室裡立刻議論開來。

「是不是要跟他談解約的事了？」

「應該是吧？都一年了，要是別人早就被公司趕走了。」

「走了也好，免得天天像個死人一樣影響我心情。」

「怎麼說話呢？岑風以前對你不差吧？熬夜幫你扒舞都幫狗身上去了？」

「你他媽罵誰狗？我說的難道不對？你們都說說，我說的不對嗎？他既然不想待在這了，早走不比晚走好？」

「尹暢，你跟岑風關係最好，你說！」

還在對著鏡子壓腿的尹暢緩緩把腿拿下來，俊秀白淨的臉上有掩飾不住的難過，連聲音聽上去都悶悶的：「看他自己吧，他想做什麼就做什麼，他開心就好。」

所有人都知道他跟岑風關係最好，現在岑風要走了，應該屬他最難過了。只是一群十幾歲的少年，哪有什麼深仇大恨，此時都放下成見跑來安慰他。

尹暢悲傷又不失堅強地說：「我沒事，不管怎麼樣，這條路我都會堅持下去！和你們一起！」

訓練室這邊因岑風發生的動靜他並不知道，此時主管辦公室內，牛濤坐在電腦桌前，一改昨晚的盛氣淩人，似笑非笑地看著他。

岑風站在他對面，還是那副天塌下來眉都不會皺一下的模樣，牛濤把一份文件摔到他面前：「這是你近一年來的出勤率，你自己看一看。」

岑風隨意掃了兩眼。

牛濤繼續道：「遲到早退十餘次，消極怠工，練習時長是所有人裡面最短的。」他身子前傾，手背拖住下巴，笑著問：「岑風，你跟我說實話，你是不是不想出道了？」

那笑容絕不算友善。

像吐信子的蛇，陰毒又恐怖。

岑風盯著他沒說話。

牛濤等了一下，沒等來他的回應。他往椅背一靠，緩緩道：「你是不是以為接下來我會說，不想出道就解約？」

他的笑容陰森森的：「你是不是就等著這句話？」

岑風終於皺了下眉。

牛濤很滿意他的表現，手指愉快地敲著桌沿。他似乎想用這個辦法擊破岑風的心理防線，但敲了半天，岑風除了剛才那下皺眉外，半點多餘的波動都沒有。

牛濤有點裝不下去了，他猛地站起身，手指狠狠在空中點了點：「你他媽想都別想！你把中天當成什麼地方了？想來就來想走就走？岑風我告訴你，你就算爛，也要給我爛在中天！你不想訓練，行，沒人能逼你。你不想出道，我告訴你，你就是想，這輩子也沒機會了！」

他拿起那份練習生簽約合約摔過來：「十年合約，我不主動跟你解約，違約金你賠得起嗎？你就是在夜市唱一輩子，也賺不到那個錢！你喜歡賣唱是吧，好，以後隨便你唱。但你想和平解約，沒門！跟老子耍橫？我倒要看看，誰耗得起！」

牛濤發完火，心裡暢快極了，只等著看岑風驚慌失措的表情，然後來求他。

但結果讓他失望了。

岑風眉眼如常，漆黑的瞳孔冷漠平靜，問他：「還有事嗎？沒事我走了。」

牛濤差點一口氣沒上來。

這他媽是個沒有喜怒的機器人嗎？

他本來想看岑風的笑話，結果現在倒讓岑風看了他的笑話，以免再失態，趕緊惡聲趕人：「滾，我說的話，你給我記牢了。」

岑風轉身出門。

下樓的時候，尹暢跟平時幾個關係好的少年等在那裡。一見他過來就圍上去，「岑風，你要解約了嗎？」

他視若無睹，垂眸往下走。

尹暢咬著牙，當著所有人的面哭道：「哥，你真的不管我了嗎？」

他長相清秀，又瘦，是屬於能激起人保護欲的那一類型，這一哭，簡直比女孩子哭的時候還顯無助。

岑風已經走下樓梯，背影冷漠，連頭都沒回一下。

圍著尹暢的幾個人都為他不平：「岑風到底怎麼回事？他是把我們所有人都當敵人嗎？」

「明明以前關係挺好的，鬼知道他發什麼神經。」

「好歹在一起練習了三年，就算要走了也得打個招呼說一聲吧？」

「也不一定就要解約吧？他現在雖然不好好訓練了，但還是我們當中最厲害的一個啊！今早 Amo 老師還誇了他呢。公司不一定會放棄他。」

尹暢本來以為剛才岑風去辦公室已經解約了，現在這麼一聽，又覺得可能還沒解，一時之間內心悲恨交加，對岑風的恨意幾乎是到達頂峰了。下午都沒訓練，請了假回宿舍休息。

岑風混完下午的練習時間，在食堂隨便吃了點晚飯，離開公司的時候外面又在下雪。越下越大，路面已經積了厚厚一層雪。

這個天氣應該沒多少人會去逛夜市，他也不必去賣唱。但想到昨晚臨走時那個小女孩說今天還會去那裡等他，想了想，終究還是加快了回宿舍的步伐。

開門進房間時，看到書桌上的機械模型不見了，包括他隨意堆在一起的零件。

岑風站在門口頓了頓，只是一秒，轉身就去敲尹暢的門。

敲了好半天他才來開門，穿著睡衣一副剛睡醒的模樣，剛喊了一聲「哥」，岑風已經冷冰冰開口：「我桌上的模型和零件呢？」

尹暢一副什麼都不知道的模樣：「哥，你在說什麼？我……」

話沒說完，被岑風封住領口。

他本來就瘦，又比岑風矮一個頭，被岑風拽住衣領往上一拎，半點反抗的餘地都沒有。只是幾步，岑風推搡著他後退，砰一聲撞在了緊閉的窗戶上。

尹暢被他狠戾的眼神嚇到了，失聲大喊：「岑風你做什麼！你是不是瘋了！」

岑風一手掐住他，一手打開窗戶，尹暢只感覺一股寒風灌了進來，反應過來的時候，大半個身子已經懸在窗戶外面了。

他們住在十七樓，寒風呼嘯，夾著大雪，刀子一樣刮在他身上。

尹暢直接崩潰了，殺豬一樣慘叫起來。

岑風拽著他的領口將他往上拎了拎，尹暢看見他眼裡猶如野獸撕碎獵物的陰狠，嚇得連慘叫都發不出來了，只聽見他問：「東西在哪裡？」

他哆哆嗦嗦：「在……在我床底下。」

話剛落，感覺身子往下掉了更多，哭爹喊娘地叫起來。

聽到動靜的另外兩個室友終於跑了過來，看到這場景都倒吸一口涼氣，紛紛喊岑風住手。

尹暢雙手緊緊抓著窗櫺，生怕岑風就這麼把他扔下去了，鼻涕橫流：「哥！哥我錯了！對不起我錯了哥，求求你……求求你哥！」

岑風盯著他，一字一句：「以後再敢碰我的東西，就讓他們去下面替你收屍。」

他猛地把他往回一拽，尹暢整個人砰一聲摔到地板上。

岑風轉身走到床邊，把他藏在底下的模型找出來，面無表情走回自己的房間。另外兩個室友對視一眼，都在彼此眼中看到了驚懼。

尹暢躺在地上，腿軟得爬不起來。

沒幾分鐘，岑風沒事一樣揹著吉他出門了。

雪下得更大，廣播裡開始預警暴風雪天氣，提醒行人注意安全。

走到夜市的時候，整條街空蕩蕩的，好多店都沒開門。

岑風看見站在路燈下的女孩。

她依舊穿得很厚，粉白色的羽絨服，大紅色的圍巾，長著狐狸耳朵的帽子，懷裡還抱了個粉色的盒子。

因為太冷，她站在原地跺腳，一蹦一跳的，狐狸耳朵也跟著晃。

岑風走過去。

她聽見腳步聲，抬頭看見他時眼睛裡都是欣喜，興奮地朝他跑過來，遠遠就喊：「哥哥！下這麼大的雪，我還以為你不會來了！」

跑近了，聞到她身上傳來的甜甜的奶油味。

她懷裡抱了一個小蛋糕。

岑風愣了一下。

許摘星左右看了一圈，走到旁邊可以躲雪的門簷下，朝他招招手：「哥哥，到這裡來。」

岑風走過去，就看見女孩把盒子放在臺階上，取出了裡面的蛋糕，插上三根蠟燭。

今天是他的生日。

她怎麼會知道？

許摘星像是沒察覺他的打量一樣，捧著蛋糕站起來。蠟燭火光映著她的眼睛，染著溫暖又明亮的光。

她笑瞇瞇說：「哥哥，今天是我生日，可是我爸媽都不在家，沒人陪我過生，我請你吃蛋糕呀。」

這個雪夜，是他的十八歲生日。

蛋糕精緻小巧，奶油上面擺著巧克力做的小葉子和顆顆飽滿的櫻桃。風吹過，蠟燭火苗被吹得東倒西歪，差點就熄了。岑風下意識伸手擋住風。

蠟燭在他掌心之間無聲燃燒，帶著淺淺的溫度，融化了指骨的冰涼。

他低頭看著許摘星，好半天才低聲問：「妳生日？」

許摘星臉不紅心不跳地撒謊：「對呀！可是我家裡只有我一個人，買了蛋糕都不知道找誰陪我一起吃，還好有你在。」

她笑得開心又真摯，岑風沒有懷疑，默認了這個理由。他看了看逐漸燃完的蠟燭，提醒道：「那許願吧。」

許摘星點了點頭，微微頷首閉上眼，幾秒鐘之後，她唰一下睜開眼，亮晶晶地看著岑風：「哥哥，生日一共可以許三個願望，我許了兩個了，好像沒有別的什麼願望了。剩下的那個願望，我送給你好不好？」

岑風一愣。

許摘星催促：「快點快點，蠟燭快要燃完了，快許願！」

岑風下意識閉上眼。

大腦卻一片空白。

許什麼願呢？

願望會實現嗎？

如果願望真的能實現的話……

他希望從不曾來過這世間。

變成一塊石頭，一棵樹，哪怕是一陣吹過就散的風，只要不是人，什麼都好。

可他沒有選擇的餘地，這世界從來沒有給過他選擇的機會。

他也曾努力地，掙扎著，想要把這人生過好。

他曾經真的堅信過，未來會更好。

是這個世界一次又一次告訴他，別妄想了，永遠不會好的。

小時候以為只要聽話乖巧，少吃一點，爸爸就會喜歡他，可迎接他的依舊是無休無止暴打。

後來那個人進監獄了，他自由了，他以為在孤兒院至少不會挨打，可因為他是殺人犯的兒子，數不清的暴力欺淩在等著他。

老師跟他說，岑風啊，你要多笑，你多笑笑，才會有人喜歡你，願意收養你。

於是他就忍著衣服下滿身的痛，聽話地彎起嘴角。

後來果然有一對夫妻領養了他，他們來帶他回家那天，幫他換了暖和柔軟的新衣服，還拿了好多餅乾和糖給他，那時候他以為，從此會不一樣。

但那個家裡，還有一個跟他毫無血緣關係的哥哥。

哥哥不喜歡他，岑風從踏進那個家的第一刻就知道。

他太熟悉那樣憎惡的眼神了。

他小心翼翼地在這個家生活，說話聲不敢大了，腳步聲不敢重了，什麼都不爭不搶，可那個大他兩歲的哥哥還是討厭他。

半夜偷偷往他床上撒尿，撕掉他認真寫完的作業，夥同學校裡的男生們把他按進廁所的便桶。

年少的惡意沒有分寸，大人們永遠無法想像小孩能有多惡毒。

岑風沒辦法對養父母開口，他們最最寶貝的兒子都對自己做過什麼。他們收養了自己，供他吃穿用度，還送他去上學，他們對他有恩，他不能去破壞這個家。

養父母覺得那些都只是兩個小孩的小打小鬧，等孩子再長大一些，就都會過去了。

他們不理解為什麼他想逃離這個家。

直到他被中天的星探發現，他無所謂當不當明星，對於十五歲的少年而言，離開那個像無間地獄一樣的地方，付出什麼都願意。

可直到成為練習生，才發現不過是從一個地獄跳到了另一個地獄。在這裡的每一個人都是競爭對手，朋友會背叛你，兄弟會為了出道機會踩著你的頭往上爬。

他沒有退路了。

養父母因為他退學當練習生的事已經跟他斷絕了往來。

這是他選擇的路，他要證明給他自己，給這個世界看。

他也曾咬著牙不服輸。

可結果是什麼？

是現實給了他一個又一個巴掌，打到他清醒為止。

現在再回想他這一路走來，荒唐得讓人發笑。

現實明明在不停地告訴他，別努力了，沒用的。別追了，你追不到美好的。你這樣的人，生來就不配擁有光明。

而他不信，他一次又一次地前進，奔跑，伸手，努力去摸那束光，最終，摔入萬丈深淵。

於是到現在，不再心懷希望。

他認命了。

不追逐，就不會痛苦，不奢望，就不會失望。一切美好都是虛偽的假像，是引誘他的糖，是拽他墜入深淵的手，是斷腸蝕骨的毒藥。

他不會再上當。

岑風睜開了眼。

許摘星猝不及防撞進他冷冰冰的眼裡，被尖銳又鋒利的寒意刺得心尖一顫。

只是一瞬間，岑風收回了護住蠟燭的手，後退兩步，滿身的冷漠和排斥：「我沒有願望。」

他轉身就走。

許摘星一時間不知所措，愣在原地。

岑風走了兩步又停下來，他抬頭看了空蕩蕩的街一眼，幾秒之後，轉身走回來。許摘星還愣著，茫然地看著他。

聽到他問：「妳怎麼回家？」

她結結巴巴說：「搭……搭計程車。」

岑風神情冷漠：「跟我來。」

許摘星捧著蛋糕，亦步亦趨地跟上他。

走到街口，等了兩分鐘，有計程車經過，岑風招手叫了車，幫她拉開車門：「上車。」

許摘星在氣場全開的愛豆面前完全沒有抵抗力，哆哆嗦嗦地往車上爬。爬了一半，想到什麼，趕緊轉過身，把蛋糕遞過去：「哥哥，你還沒吃蛋糕。」

岑風皺起眉，像是不耐煩一樣：「不吃。」

許摘星還不死心，小聲說：「很甜的，你嚐一口吧？就一口……」

她看著岑風的神情，懷疑自己可能要被打死了。

結果下一刻，岑風伸出一根手指，飛快在蛋糕上刮了一下，然後放到唇邊舔了一下。

他說：「行了吧？」

許摘星心滿意足，抱著蛋糕乖乖坐上車。趁著司機還沒開動，扒著車門可憐兮兮地問：「哥哥，我下次還能來聽你唱歌嗎？」

岑風垂眸看她，眼神晦暗不明：「最近大雪預警，我不會來。」

許摘星趕緊點頭：「哦哦，好的！那哥哥你要注意身體，照顧好自己。等天氣回暖了，我再來找你！」

岑風沒有應聲。

車子開動，她戀戀不捨地扒著車門往後看，看見少年筆直站在原地，影子被路燈拉得好長，冷冷清清地投在地面。

她眼睛有點酸，小小地揮了下手，輕聲說：「哥哥，生日快樂。」

車子開到半路，許延的電話打過來了，一接通就訓斥她：『我只是去公司簽了份文件，妳人就不見了？我沒跟妳說今晚暴風雪預警不要出門嗎？』

許摘星趕緊認錯：「我馬上回來了，我出門買個蛋糕，很快就到家！」

許延頭疼地撫額，走到玄關去換鞋：『我去樓下等妳。』

十幾分鐘後，許摘星抱著蛋糕從車上跳下來，在許延懷疑的眼神中晃了晃手中的蛋糕：「我嘴饞了，對不起嘛。」

許延冷漠地掃了她一眼，「下次再亂跑，我告訴妳媽。」

許摘星說：「哥，你多大了還打小報告？人與人之間還能不能有點基本的信任了？」

這丫頭頂嘴倒是一套一套的。許延正想敲她腦袋警告兩句，轉頭卻看見女孩臉上雖然笑嘻嘻的，眼神卻很低落。

他由敲改為揉，問了句：「怎麼了？」

許摘星跑過去按電梯：「啊？沒怎麼了啊。快走快走，冷死了。」

她不說，他也就沒問了。

回屋之後許摘星把蛋糕取出來，蹲在茶几旁拿著勺子一勺一勺地挖著吃。許延去浴室洗澡的時候她是那個姿勢，洗完出來她還是那個姿勢，連神情都沒變化，看上去有點悶。

許延擦著頭髮，走過去問她：「明天要不要跟我去公司看看？」

許摘星愣了一陣子才反應過來他說什麼，點點頭：「好啊，那我調個鬧鐘。」

許延沒再說什麼，笑了笑：「吃完了早點睡。」

✦

第二天早上，許摘星睡眼惺忪地爬上了許延的車。

星辰的辦公選址在市中心，雖然不像其他大公司一樣有氣派的整棟大樓，但那棟新建的辦公大樓一到七層都被許延租下來了。

公司雖小，但門面要足，也有利於藝人簽約和資方合作。

一到門口，就有保全問候：「許總好。」

許延溫和地點點頭，一路過來，前檯小妹、清潔大媽、趕著打卡的員工都齊聲招呼：「許總好。」

許摘星第一次來自己一手促成的娛樂公司，看什麼都驚嘆。短短半年時間，許延居然能把公司做到這個規模，真不愧是未來的大佬。

她在打量四周，四周的人也在打量她。

公司的內部群組很快就聊起來了。

『許總帶了個超年輕的小妹妹來公司！』

『那叫年輕嗎？那叫小。嬰兒肥還沒褪呢，我看頂多十五歲。』

『長得好可愛啊，眼睛好大！』

『是新簽的藝人嗎？許總說了給誰帶嗎？我手下就缺這種類型的，誰都別跟我搶啊。』

『蘇姐，妳變了，妳昨晚還說我是妳唯一的寶貝。』

『圈子裡現在很缺這種類型啊，許總上哪挖到的寶。雲哥，你今天不是要帶津津去試郭導的戲嗎，問問許總，把這小妹妹一起帶上唄，挺符合那劇的人設，搞不好有戲。』

『人有沒有簽都不好說，等等我去許總辦公室問問吧。』

許延見許摘星東看西看，滿眼興奮，再也沒有昨晚的低落，心裡總算放心了些。上了專屬電梯跟她說：「我要去開個早會，妳自己隨便逛逛，熟悉熟悉，晚點我介紹公司的員工和藝人給妳認識。」

許摘星擺手：「不用不用，等我畢業來公司的時候再介紹吧。你去忙吧，我自己逛。」

許延點點頭，下電梯走了。許摘星期待地搓搓小手，決定從七樓開始往下打卡。

六、七樓都是許延和幾名經紀人的辦公室，許摘星在七樓逛了一圈，沒什麼人，又走安全通道下到六樓。

六樓的走廊上掛著許多海報，都是公司簽下來的藝人，許摘星對這個很感興趣，一個一個看。

除去她之前在策劃書上重點推薦的幾個藝人外，許延還簽了五個人，三男兩女，都挺年輕的，顏值很能打。

打頭的海報上是一個黑長直女孩，長相是清純乖巧型，對著鏡頭笑得特別甜，用今後的話說叫初戀臉，海報上的簽名叫趙津津。

許摘星正看得津津有味，旁邊的電梯門開了，一個戴著墨鏡的女孩領著兩個助理走了出來，邊走邊怒道：「馬哲什麼意思？攛掇雲哥帶那個新來的跟我一起去試鏡？不就是當初藝人分組的時候我選了去雲哥組不去他那，他恨上我了嗎？敢擋我的路，哼，那個新來的什麼來路，群組裡說了嗎？」

助理趕緊回道：「還沒消息，許總他們去開早會了。」

女孩冷笑一聲：「剛來公司就把手伸到我這來了，真當我好欺負？我倒要看看是什麼牛鬼蛇神這麼大臉，許總親自領來的了不起？我還不是許總親自簽的？」

剛說完，看見對面不遠處有個模樣俏麗的女孩，一臉莫名笑意盯著她的海報看。

趙津津腳步一頓，朝助理投去一個詢問的眼神。

助理趕緊拿出手機翻了翻群組訊息，翻出不知道是誰偷拍的照片，對比一番，朝趙津津堅定地點了點頭。

沒錯！就是她！

趙津津瞬間怒了。

妳盯著我的海報笑是什麼意思？

挑釁嗎？

來啊！我本人就在這裡！來對剛啊！

她提高聲音冷笑道：「現在有些新人，能力不怎麼樣，大腿倒是抱得快。想跟我爭，也不掂量掂量自己幾斤幾兩！」

聽見聲音好奇回頭的許摘星：這個腿長腰細的漂亮姐姐在罵誰呢？

趙津津是出了名的急性子暴脾氣，從來吃不了一點虧，連經紀人都說可惜了她那張虐心苦情劇的女主角臉。

眼見著對面那個不知天高地厚的小新人在聽見自己的嘲諷後不但沒有半分赧色，反而大大方方地打量起自己，越發認定她是在挑釁，不顧助理在後面拉扯，唰一下摘下墨鏡，氣勢洶洶地走了過去。

許摘星轉頭看了牆上的海報一眼，又對比了下眼前的姐姐，開心地問：「妳是趙津津？」

趙津津：「我是！」

許摘星：「妳本人比海報上好看。」

趙津津：「……」

等等，怎麼現在吵架，流行先誇讚對方一句嗎？

不行，禮尚往來，要尊重對手，於是趙津津也繃著臉說：「妳長得也挺好看。」

倒是把許摘星誇得有些不好意思，禮貌道：「謝謝。」

趙津津：「……」

妳這個人怎麼回事？打個架前戲還這麼多？她不跟許摘星迂迴了，直接問：「妳哪個學校畢業的？」

郭導的戲可是最看演技，自己中央戲劇學院科班出身，可不是什麼小魚小蝦比得上的。

結果聽到許摘星說：「啊？畢業？我還沒畢業呢，我才上高一。」

趙津津：？？？

妳高一不好好上學，跟我搶什麼資源？

現在的小孩，浮躁！

趙津津覺得這個女孩其實並不如自己之前想的那麼壞，主要是一大早剛來公司就看見那糟心的訊息，一時憤怒上湧了，現在聊了兩句，倒是冷靜了不少。

她語重心長對許摘星道：「這個圈子並不像妳想得那麼簡單，越早踏進來，越容易被染得五顏六色，失去自己原本的純白。妳還小，我就不跟妳計較了，但屬於我的東西，我也不會因為妳小就讓給妳。妳好自為之吧。」

說完，帶著助理昂首挺胸地走了，留給許摘星一個瀟灑的背影。

並不知道發生了什麼的許摘星：這個小姐姐長得挺漂亮的，就是好像腦子有點問題。

她看完藝人海報，繼續閒逛。樓下還有企劃部、宣發部、公關部等等幕後團隊，整個公司規模雖小，卻五臟俱全，許延將每個環節都安排得井井有條，發展成大公司的基礎已經打好了。

許摘星逛完一圈，十分滿意，腦子裡已經開始盤算什麼時候把這棟辦公大樓都拿下來。

到時候大樓正側面鑲上「辰星娛樂」四個大字，金碧輝煌，大氣恢弘。

這可是今後的文娛中心，牌面！

哎呀，美滴很，美滴很。

她一面想著一面走到三樓會議室，許延剛好跟藝人經紀們和主管開完會出來，看見她傻笑著神遊，頓時忍俊不禁，喊她：「摘星。」

他一喊，所有人都停住步伐看過來，那幾個藝人經紀早就坐不住了，剛才開會時就想問，但沒找著機會，現在可要好好搶一搶人。

一群人正興致勃勃蓄勢待發，就看見女孩高興地跑過來了，對著許延喊了聲：「哥。」

經紀人們：？

許延笑：「逛完了？」

許摘星眼睛晶亮：「嗯嗯，都挺好的，又大又漂亮。」

公司唯一的女經紀人蘇曼忍不住了：「許總，這位是？」

許延說：「這是我堂妹，許摘星，也是我們公司許董事長的女兒。」

許父雖然從來沒有來過公司，但畢竟占著百分之五十一的股份，一直掛著董事長的名，所有人都知道有這麼個幕後大老闆。

起先還以為是新簽的藝人，沒想到居然是大老闆的女兒嗎！

震驚過後，幾個經紀人都有點遺憾地看著許摘星，蘇曼性子爽快，當即笑問：「是大小姐啊，大小姐長得這麼漂亮，有沒有興趣進娛樂圈啊？」

許延笑著搖頭：「她才上高一，蘇姐別說笑了。」

想也是，一般這種富家千金，今後都是要繼承家業的，很少會去混娛樂圈。說不定今後連辰星都是她的，那不就是未來的小老闆？

可要提早刷刷好感。

許摘星禮貌地跟自己今後的員工打完招呼，許延看了看手錶，跟她說：「我要去見一個製片人，比較正式的場合，不能帶妳去。妳去我辦公室吧，別又亂跑，無聊了就把寒假作業寫了。」

又吩咐助理：「帶她去我辦公室，午飯幫她訂到公司來，外面冷。」

公司的經紀人吳志雲聽完，立刻接話道：「許總，這就是你的不對了，摘星好不容易來一趟公司，你還讓她寫作業？作業什麼時候不能寫？」

他笑吟吟看著許摘星：「叔叔等等要帶藝人去劇場試戲，妳要不要跟著一起去玩？」

許摘星挺感興趣的，連連點頭：「好呀好呀。」

許延看她興致盎然，也就沒阻止，只叮囑吳志雲多費心，又提醒許摘星不要調皮。兩人都應了，許摘星高高興興跟著吳志雲去了地下停車場。

車是賓士商務車，在門面上，許延從不省錢，凡事都給外人一種辰星很有錢背景很雄厚特別有排面的感覺。

剛走到車子跟前，車門唰一下被推開，趙津津坐在裡面，不可思議又憤怒地看著他們，聲音尖銳得都快失真了：「雲哥！你帶她來做什麼？」

吳志雲剛開口說了句：「摘星她……」

趙津津聲嘶力竭地打斷他：「你說過這個角色全公司上下誰都不能跟我搶！你現在這是什麼意思？公司當初簽我的時候承諾得那麼好，現在就這麼對我嗎？」

吳志雲：「……」

許摘星：「……」

五分鐘後。

趙津津瑟瑟發抖蜷縮在座位上：「大小姐，妳渴嗎？喝可樂嗎？」

許摘星：「……」

吳志雲從副駕駛座扭過頭來：「我說了多少次不准再喝可樂！笑笑，把可樂給我！」

助理默默掏出包裡的可樂。

趙津津委屈地說：「那是無糖的。」

吳志雲：「無糖的也不行！把碳酸飲料全部給我戒了！以後只准喝礦泉水！」

許摘星看不下去了，出手拯救這個小可憐：「給我吧，我喝。」

助理笑笑趕緊把可樂遞給她，許摘星慢慢擰開瓶蓋放了放氣，等吳志雲坐回去了，才偷偷塞到趙津津手裡，用嘴型說：「就喝一口啊。」

趙津津對這個大小姐的好感度 biubiubiu 地往上蹭。

嗚嗚嗚雲哥說得沒錯，她的暴脾氣一定要改，不能再聽風就是風聽雨就是雨了。這要感謝大小姐大度不記仇，不然就她今天這些行為，夠她被雪藏一萬年了。

許摘星看她戰戰兢兢的樣子，想到她今天因為自己的那些傳言擔驚受怕了那麼久，倒沒覺得生氣，畢竟在她眼裡，趙津津也只是個才二十歲的小妹妹，對小輩要寬容嘛。

而且長得這麼好看，有點脾性也是應該的。

她主動打破尷尬：「妳今天去試什麼戲呀？」

趙津津趕緊把自己要演的那部劇和自己要試的角色說了一遍。許摘星感覺自己重生回來後很多事都改變了，趙津津要試的這部劇她以前沒聽說過。

她要試的是女三號，雖然戲份不如女一、女二，但勝在人設出彩，而且她是新人，這個資源對她來講已經很不錯了。

許摘星聽她講著都覺得蠻有意思的，幫她打氣：「加油啊！這個角色肯定會紅的。」

一路聊著天，很快就到了劇場。下車的時候，周圍停著好幾輛商務車，前後都有助理擁簇的女藝人。

吳志雲主動解釋道：「郭導的戲大家都想演，競爭者比較多。」

許摘星點點頭。

爭取女三號的基本上都是新人，安排在一個公共的休息室等候試戲。許摘星放眼望去，覺得還是趙津津長得最好看，還在其中看見了幾個熟臉，都是今後電視劇裡的熟客。

正獨自看得開心，旁邊突然傳來一道刺耳的聲音：「現在某些人真是沒有自知之明，什麼地方都敢來，什麼戲都敢試。」

許摘星轉頭一看，說話的是一個跟趙津津差不多大的藝人，她這話說完，旁邊經紀人模樣的男人也笑道：「小作坊出來的人，當然是哪裡都想蹭過去沾點光。」

許摘星本來還沒什麼反映，但她一看到那個經紀人瞬間就炸了。

這個狗東西不就是S-Star的經紀人嗎？

那個縱容黑子造謠岑風，強行讓岑風替隊友黑料揹鍋，打壓岑風資源的狗逼經紀人！

許摘星忍住撲上去撕碎他的衝動，轉頭問吳志雲：「中天的？」

吳志雲咬牙道：「對。最近辰星需要的劇方資源跟他們旗下藝人起了衝突，好幾部劇都被我們的藝人拿走了，每次遇到都嘲諷辰星是小作坊上不得檯面。」

話說完，看見許摘星上下左右地看。

趙津津問：「大小姐，妳在找什麼？」

許摘星面無表情：「我的刀呢？」

趙津津和吳志雲驚恐地拉住她。

狗逼中天，害我愛豆，辱我公司，我要你們全部都死！

她深吸幾口氣，強迫自己冷靜下來。

劇方工作人員在門口喊：「三號謝菱，進來試鏡了。」

旁邊中天的幾個人立刻走過去。他們一進去，休息室其他幾個等待試戲的小新人都竊竊私語，趙津津也壓低聲音跟許摘星道：「聽說郭導很中意謝菱，還在飯桌上誇她是新一輩中的佼佼者，大家都覺得這次的角色多半是她的。」

說完，聽見許摘星冷冰冰道：「那妳還來幹什麼？」

趙津津一時語塞。

許摘星看了她一眼，突然厲聲叫她的名字：「趙津津！」

趙津津嚇得一抖，身子都坐直了，瞪大眼睛看著眼前這個明明比自己小，氣勢卻比自己強的大小姐。

許摘星盯著她一字一句道：「妳如果能拿下這個角色，我給妳一個國際頂尖的時尚資源。」

大小姐親自發話送資源了！

趙津津嬌軀一震。

門很快打開，謝菱走出來，工作人員喊：「四號趙津津，進來試戲。」

趙津津蹭一下站起身。

她低頭看了許摘星一眼，堅定的目光緩緩從謝菱身上掠過，再一一掃過在場的其他競爭對手，然後鬥志昂揚地走了進去。

謝菱已經坐回來了，被趙津津看得怪不自在的，轉頭不開心地問經紀人：「她那眼神什麼意思？」

經紀人還沒答話，旁邊傳來一個涼颼颼的聲音。

「她的意思是，沒有針對誰，是說在座的各位……」

兩人同時扭頭，看見坐在旁邊的女孩陰森森地盯著他們，勾著嘴角，一字一頓：

「都，是，垃，圾。」

第七章　我欲乘風去

現場一片死寂。

都被許摘星的囂張驚呆了，

吳志雲突然理解了臨走前許延那幾個不放心的眼神是什麼意思。

大小姐，妳的嘲諷範圍未免開得過於大了……

中天的經紀人也目瞪口呆。

他見人是吳志雲帶來的，默認許摘星是一起來試戲的小新人，入行這麼多年，什麼時候見過這麼狂妄的新人？

簡直是沒被社會教過做人！

反應過來後，頓時不客氣地教訓：「小作坊就是小作坊，帶出來的人都不知何為謙遜和教養！新人時期就敢如此倡狂，今後但凡有點名氣，豈不是大牌要上了天！」

吳志雲哪能見著小老闆被罵，當即就要發怒，結果被許摘星拍了下肩，安撫下來了。

只見她往後一靠，慢悠悠翹著二郎腿，不急不緩開口：「老流氓就是老流氓，上樑不正下樑歪，經紀人不是什麼好東西，帶出來的藝人也是歪瓜裂棗。狼狽為奸，先撩者賤。」

吳志雲：「……」

他之前對大小姐的印象好像有點誤會。

中天經紀人打死也沒想到這個小新人居然敢跟自己對罵，而她的經紀人竟然拉都不拉一下，還一副「加油」的表情？

你們辰星帶藝人的方式這麼野蠻嗎？

他氣得差點罵都罵不渾圓了：「妳……就妳這樣沒素質沒教養的，還想當明星？拉低我們圈子的層次！」

結果許摘星說：「我不想當明星，我只想當你爸爸。」

中天經紀人一口氣沒上來，差點背過去了。

謝菱在旁邊又怒又怕，跟助理扶著經紀人，尖聲罵許摘星：「賤人！妳閉嘴！」

這一聲沒控制住音量，周圍還在等候試戲的藝人團隊都不可置信地看過來。許摘星二郎腿一收，弱小無助又可憐地看著吳志雲：「嗚嗚嗚嗚嗚，叔叔，她罵我。」

吳志雲：「……」

謝菱：「……」

大小姐表演結束，該自己上場了，吳志雲立刻愛憐地摸了摸許摘星的頭，然後剛正不阿地呵斥：「小小年紀出口成髒！當這裡是什麼地方，由得妳來撒野？中天就是這麼教人的嗎？」

周圍也是議論紛紛，謝菱剛才那句賤人把人震撼得不輕，哪個女明星敢這麼罵人？以後出名了隨便一爆料，就是一輩子都洗不掉的黑料。

謝菱瞪著委屈兮兮的許摘星，氣得都要崩潰了，但理智終歸還是戰勝了情緒。

不能再失控了，不能再讓別人看笑話。

她咬著牙坐回原位，不再吭聲。

許摘星等了一陣子沒下文，遺憾地跟吳志雲說：「我還沒用力，她就倒下了。」

吳志雲：？

許摘星語重心長道：「不過她的情緒控制倒是很厲害，讓趙津津學著點，是她的話，大概早就衝上來打架了。」

吳志雲：「……」

您說得對。

許摘星重新坐回去，雙手托著下巴望著試戲間，有點憂傷地想，唉，感覺自己每天活得像個反派。

沒多久，趙津津就試完戲出來了，一過來發現現場氣氛不對勁，她茫然地問：「我錯過了什麼？」

許摘星：「妳錯過了我的光榮時刻。」

吳志雲：「……」

傻丫頭，妳知道妳今天早上沒被嗆，是有多幸運嗎？

許家，魔鬼之家，今後他一定兢兢業業，誠誠懇懇，好好工作。

許摘星開心地朝趙津津招手，等她坐到身邊來才問：「試得怎麼樣？能拿下來嗎？」

趙津津在大小姐面前不敢誇海口，保守道：「我也不知道，但是我剛才絕對超常發揮了。」

許摘星倒是不介意：「沒事，等結果吧。」

郭導一向都是試戲現場定結果的人，等其他的藝人全部試完戲後，過了二十分鐘，就有劇組的執行人員拿著劇本走了出來。

大家知道他是來宣布結果的，都緊張起來，許摘星也忍不住心裡打鼓。

嗆人一時爽，打臉火葬場，趙津津妳可千萬要上啊！

趙津津突然一把抓住她的手，手心都是汗，哆哆嗦嗦小聲說：「大小姐，要是我沒成功妳也別怪我啊！千萬別因此雪藏我啊！」

許摘星都被她逗笑了：「放心啦，我……」

執行人員：「趙津津，過來拿劇本。」

要不是被許摘星拉著，趙津津差點蹦起來了。

其他藝人略微遺憾，紛紛道別離開，只有中天的團隊氣氛僵硬，每個人的臉色都十分難看，腳步匆匆走了。

整個休息室只剩下辰星的人，吳志雲陪著趙津津去拿了劇本，又進去見了導演，商量了接下來的進組行程。

出來的時候，趙津津看著許摘星眼眶紅紅的，哽咽道：「大小姐，謝謝妳，要不是妳激勵我，我今天肯定拿不下這個角色。」

她堅定道：「我以後一定好好幫公司賺錢！」

許摘星覺得這女孩挺真性情的，什麼情緒都很真實，該哭該笑該怒，絲毫不作假。許延看人的眼光果然很厲害。

她保證完了，又一臉期待地問：「妳說的要給我的那個時尚資源，什麼時候給啊？」

許摘星：「……」

回去的路上，許摘星在車裡把自己要參加巴黎時裝設計大賽複賽的事說了，「裙子做出來後需要模特兒穿著去T臺走秀展示，這個比賽的規模是國際性的，全世界的時尚媒體和雜誌都會齊聚，雖然說重點在設計上，但模特兒的曝光率也非常高。」

趙津津聽得嘴巴張成了一個O型。

吳志雲也不可思議：「摘星妳的作品進了複賽？妳自己設計的？」問完了才覺得自己這話有歧義，趕緊找補一句：「小小年紀，真是太厲害了。」

趙津津激動了半天，想到什麼又緊張兮兮道：「可是我不會走秀啊。」

許摘星安慰她：「還有三個月，多練練就好了，又不是走維多利亞的祕密。對了，可樂是真的不能喝了，等等回去了我量量妳的身材資料，根據妳的比例來做。妳要把身材保持好。」

趙津津連連點頭。

等許延見完製片人回公司的時候，許摘星已經老老實實在辦公室寫作業了。

她並不知道吳志雲已經聲情並茂把今天在劇場發生的事跟許延重複了一遍，還一副我好乖我聽話我什麼也沒幹的樣子：「哥，你回來啦？跟製片人談得怎麼樣？」

許延脫下西裝外套，頭疼地捏鼻樑，捏了半天氣不過，走過去用手指戳她腦袋：「妳沒一天安靜的。」

許摘星知道他在說什麼，笑瞇瞇的：「我唱紅臉你唱白臉嘛。後續跟他們肯定會有合作，我幫你敲打敲打，讓他們知道我們辰星硬骨頭也不少，省得他們欺負你。」

許延：「這麼說，我還要感謝妳？」

許摘星：「唉，都是為了公司，說什麼謝不謝的，見外！」

許延：「……」

這一戰，許摘星算是在公司出名了，內部群組都在流傳她的英勇事蹟。大家一邊覺得出了口惡氣，畢竟每次工作遇到中天的人都被他們陰陽怪氣地嘲諷。一邊又不禁開始擔心，大小姐這麼小就這麼彪悍，以後繼承公司了會不會奴役他們啊？

這種時候，趙津津作為大小姐的鐵杆粉絲，就要出來為正主辯解了：『我們大小姐對自己人超級好超級寬容好嗎！她把堅硬對準外人，柔軟都留給了我們！』

辰星員工：『……』

為了討好未來老闆，倒也不必如此。

趙津津：『你們不懂！嗚嗚嗚大小姐真的特別好，她特別好嗚嗚嗚……』

✦

接下來的幾天，許摘星一直混跡於各大布料市場，尋找合適的裙子製作材料，開始幹正事。

B市雪停的時候，許父許母打電話過來，問許摘星什麼時候回家。

她需要的材料都買的差不多，而且也快開學了，行李收拾收拾，許延幫她訂了第二天中午的機票，準備送她離開。

雪雖然停了，但天氣還是冷，顯得陰沉沉的。她趁許延去公司簽文件的空檔，抱著前幾天早早買好的一個玻璃糖罐，偷偷跑出門。

正是傍晚時分，雖然天氣不好，但晚飯還是要吃，夜市又多了幾分熱鬧。

許摘星抱著糖罐走到岑風平時賣唱的地方時，他並不在那裡。

她站在原地盯著空蕩蕩的三角區看了一陣子，有些悵然地嘆了聲氣，然後推開旁邊那家小雜貨店的玻璃門。

這家雜貨店主要是賣些女孩子喜歡的小東小西，髮夾、手鏈、巧克力、糖果什麼都有，裝潢很小清新，店主是個年輕女孩，聽見風鈴聲微笑道：「歡迎光臨。」

許摘星朝她走過去，禮貌道：「妳好，我想請妳幫個忙。」

十分鐘後，她空手從店鋪出來，再次深深看了鋪滿落葉的三角區一眼，將手捧在嘴邊呼了呼氣，揣回羽絨服裡，轉身走了。

她沒發現，在對面人行道的綠化帶後面，少年揹著吉他側身而站，一動也不動看著她的身影。

直到她消失在人群中。

片刻之後，岑風走過人行道，走到雜貨店前，推門而入。

店主抬頭：「歡迎光臨。」

看清來人，她一頓，笑著道：「是你啊。」

岑風常年在她店外彈琴，早就是熟面孔了，雖然她並不知道他的名字，也覺得他人冷冰冰的不好接近，但這不妨礙她欣賞對方的帥氣。

岑風走近，淡聲問：「剛才穿紅色羽絨服的那個女生，跟妳說了什麼？」

店主一愣，本來有些遲疑，但岑風的氣勢壓迫性太強，她最終還是招了。無奈地從櫃子下面拿出一個玻璃糖罐，和五百塊錢。

「那個小女生把這個糖罐交給我，讓我每天晚上送一顆糖給你。這五百塊是我的勞務費。喏，都給你吧，我也懶得麻煩了。」

岑風看向那個玻璃糖罐。

罐子做得很漂亮，裡面花花綠綠，是各種口味的糖果。

他其實不喜歡吃糖。

只是在很小的時候，小孩對糖有天生的喜愛，心心念念想吃一顆糖果。可是那個人不買給他，有一毛錢都拿去吃喝嫖賭了，飯都吃不飽，更別說糖。

他看著鎮上小朋友手上那些花花綠綠的水果糖，悄悄吞口水，等他們剝開糖紙扔在地上後，偷偷撿起糖紙舔一舔。

有一年冬天，鎮長送了一罐很貴的咖啡糖給他們家，被那個人放在櫃子的第二層。臨近過年，他又出去打牌，賭到連家裡有個三歲大的兒子都忘了，接連兩天沒回家。

岑風躺在床上餓了兩天。

家裡什麼都沒有，只有櫃子上那罐咖啡糖。還那麼小的孩子，瘦成皮包骨，把比他還高的凳子推到櫃子前，踩著凳子爬上去，打開了糖罐。

他怕挨打，不敢吃多，只吃了兩顆，又乖乖擰好蓋子，放回去。糖果含在嘴裡，絲絲縷縷的甜，他捨不得嚼，就那麼含著，含到睡著了。

最後是被打醒的。

那個人不知道什麼時候回來了，桌上放著那灌被他打開的咖啡糖，罵聲夾著拳打腳踢，暴風雨一樣迎頭澆下：「老子是不是跟你說過這罐糖要拿去換錢不准吃！老子是不是跟你說過！你這個餓死鬼討債鬼，我他媽打死你！」

打完了，他仍不解氣，把他從床上拎起來，按在桌子上。

然後打開那罐咖啡糖，狠狠抓了一大把，捏著他的下巴強迫他張開嘴，瘋了一樣把半罐咖啡糖全部塞進了他嘴裡。

那些糖堵滿了他的嘴，撕裂了他嘴角，嗆得他咳到斷氣。

從那以後，岑風就不愛吃糖了。

很長一段時間內，他甚至不敢吃甜的東西，聞到都會生理性反胃。

後來漸漸恢復了，把甜食當做苦澀生活的調劑品，會喝十分糖的奶茶，吃十分甜的蛋糕，卻仍舊不碰一顆糖。

堅硬糖果碾壓牙齒的聲音，依舊會令他乾嘔。

粉絲看他喜歡吃甜食，就以為他也喜歡吃糖，總是熱心地送很多糖果給他。他會微笑收下，然後放進儲物櫃裡，再也不打開。

玻璃罐裡花花綠綠的糖紙映著燈光，折射出五顏六色的光芒。

女店主有點怕地看著他，又把糖罐往前推了推：「你拿走吧。」

岑風垂眸，神色冷漠盯著糖罐看了一下，突然抬頭說：「等下次她再過來的時候，妳告訴她我沒有再來過這裡，把東西還給她。」

女店主愣了：「啊？你不要啊？」

他沒什麼情緒：「不要，別跟她說我來過。」

說完，揹著吉他轉身就走。

店門口掛著一串紫色風鈴，推門時，發出清脆好聽的鈴響。門推到一半，他動作停下來，頓了頓，又折身回來。

女店主有點訝然地望著他。

岑風伸手，打開糖罐的蓋子，從裡面拿了一顆紅色的糖，又蓋好蓋子，往裡面推了推，仍是那副平靜如水的模樣：「麻煩妳了。」

女店主趕緊擺手：「不麻煩不麻煩。」

他微微頷首，將那顆糖拽在手心，推門離開了。

走到門外的時候，遇到每次下班經過這裡都會停下來聽他唱幾句歌的男人，友好地跟他打招呼：「嗨，小哥，好一段時間沒見到你了，今天唱嗎？」

岑風望了滿地落葉一眼，搖搖頭：「今天不唱了。」他頓了一下，又說：「以後都不來這裡唱了。」

男人有些失望：「你要走了啊？唉，那祝你早日唱成大明星啊。」

他笑了一下，揹著吉他走過冬夜的街，背影融進了夜色。

✦

許摘星回到S市沒多久就開學了。

沒寫完的寒假作業都是前兩天叫程佑過來幫她抄的。程佑抄作業的時候她就拿著布料、尺、裁縫剪刀，在那縫縫補補拆拆剪剪。

裙子的雛形已經做出來了，程佑半信半疑地問她：「摘星，妳真的能把畫上的那件裙子做出來嗎？妳不是最多只會幫芭比娃娃縫衣服嗎？」

許摘星：「小朋友安靜寫作業，別打擾大人做事。」

程佑：「我是在幫誰寫作業！」

許摘星：「乖，等等帶妳去吃炸雞，吃大塊的。」

要不然怎麼說是小朋友呢，一塊炸雞立刻令她安靜了。

開學之後，許摘星更忙了，這件裙子是她好幾年的心血，一針一線哪怕是裙擺上的一顆碎鑽都是她親自縫上去的，絲毫不經他人之手。

有時候許母想來幫忙都被她趕出去了，站在門口感嘆地對許父說：「她以前把芭比娃娃不要錢一樣往家裡搬的時候，誰能想到她有現在這本事呢？」

開春之後，天氣回暖，街邊的樹枝也抽了新芽，許摘星的裙子終於全部完成，在比賽到來之前空運到了B市。

她去跟班導師請假，說明理由後班導師當即同意了，還祝她取得好成績。

這一次當然還是許延來接她。

他換上了薄款的春衫，腿長腰窄，一路過來好多女生都在偷偷看她。許摘星沉思著說：

「哥，要不然你把自己包裝包裝，送你自己出道吧，我覺得你比我們公司的男藝人都帥。」

許延看了她一眼：「我覺得妳耍嘴皮子的功力也越來越厲害。」

許摘星：「……我真心誠意地誇你，你損我做什麼？」

兩人一路鬥嘴走到停車場，遠遠就看到車窗降下來，有個人坐在裡面開心地朝她揮手。一走近，趙津津就趕緊下車來，高興道：「大小姐，好久不見呀。」

許摘星也笑了：「妳怎麼來了？」

兩人上車，趙津津說：「許總讓我跟妳回家去試裙子！」

許摘星上下打量她一下：「妳的身材保持得挺好的，比之前更有線條了，皮膚也比之前好！」

趙津津驕傲道：「那當然了！」她伸出一根手指，可憐兮兮地說：「這幾個月，我連一口可樂都沒喝過。」

快把許摘星笑死了。

裙子在許延住的地方，許摘星是連人型立檯一起寄過來的。許延按照要求保管得很好，寄出時是什麼樣，現在還是什麼樣。

趙津津本來還跟她說說笑笑的，進屋看見那件裙子後，整個人話都說不出來了。

她激動得瞳孔都放大了，不可思議問許摘星：「大小姐，這是妳做的？我的天，這裙子也太好看了吧！比我上次走紅毯穿得那件高奢訂製都漂亮！啊啊啊我真的可以穿這件裙子嗎？我有資格嗎？我真的可以嗎？」

許摘星把臥室門關上：「妳可以！脫！」

趙津津豪邁地撕掉自己的外套。

裙子是按照她的身材比例做的，一絲一線完美貼合她的身材曲線。許摘星免費欣賞了美人的魔鬼身材，幫她換好裙子後，又簡單地弄了弄頭髮。

趙津津全程只有一句話：「妳怎麼這麼厲害啊。」

穿好之後，許摘星仔細看了看哪裡還需不需要調整，結果發現完全不用，非常完美。

她把門打開叫許延進來看。

許延上下打量一番因為激動戰戰兢兢的趙津津，中肯地點頭：「不錯，拿獎去吧。」

趙津津激動得快哭了：「我從來沒穿過這麼好看的裙子，我好貴嗚嗚嗚……」

許摘星拍手：「看這了嘿，走兩步，妳走兩步！別抖了！」

趙津津哆哆嗦嗦走了兩圈，發現穿裙子和不穿裙子走秀完全不是同一個概念。

她這幾個月訓練得挺好的啊，怎麼穿著裙子就不會走了啊！

她欲哭無淚地對許摘星說：「我好害怕把它穿壞了。我的動作要是大了，會不會邊走邊掉鑽石啊？」

許摘星涼颼颼地看著她：「妳以為妳是月詠．冰晶蝶淩．紫夢雪雅殤雪，一哭眼淚就會變珍珠？」

趙津津：「誰？」

接下來的幾天，許摘星讓趙津津穿著裙子練習走秀，吳志雲之前專門幫趙津津請了模特老師言傳身教，她靈性足，學東西也挺快，練了幾天就適應了裙子帶來的繁綴感，走得有模有樣了。

很快到了正式比賽。

比賽場地設在B市著名的秀場，早在幾個月之前就開始搭建舞臺。比賽有兩輪，複賽和決賽，但中間沒有間隙，複賽主要是看設計師是否將設計圖上的作品呈現完美，以及模特兒的表現。

複賽篩選結束就會立刻進入決賽，比的就是設計師的功底了。

許延把兩人送到參賽設計師入口時就不能繼續跟了，只有設計師本人和模特兒才能進去。他拍拍許摘星的頭，沒說別的：「加油。」

許摘星豪情壯志地點頭。

國際性的大賽，個人分配都十分合理，八位選手一組，安排在同一個大型的服化間，各有各的化妝檯和換衣間，絲毫不擁擠不衝撞，避免了很多矛盾。

許摘星是二十七號，按照指示牌跟趙津津一起進去的時候，房間裡已經忙開的設計師都是一愣。

許摘星沒有特別打扮，甚至素面朝天，綁了個元氣十足的馬尾，穿著運動褲踩著白球鞋，怎麼看都是個還沒成年的小朋友。

但她胸前又掛著參賽設計師的牌子，腰間還別了個「二十七」的牌牌。

大家都是一臉驚嘆又不可思議地看著許摘星，要不是這比賽到現在參賽者都還是匿名，能進入複賽的，再年輕也至少大學畢業了，什麼時候有過未成年。

他們都要懷疑這是不是開後門了。

有個留著鬍子拿著化妝刷正在幫自己的模特兒上妝的男設計師忍不住跟她打招呼：「我的乖乖，小妹妹妳多大了？」

許摘星禮貌道：「我十六了。」

房間內一片我靠。

男人驚了：「天才啊。」他看了後面抱著裙子的趙津津一眼，「欸」了半天，「妳不是那個……那個……」那個了半天也沒把名字說出來，一拍腦門，指了指後邊的房間：「妳們快去換衣服吧，二十七號換衣間在那。」

兩人道過謝過去了。

一進小空間關上門，趙津津才終於鬆了口氣，小聲說：「我還以為有人會找我們麻煩，開了一路的戰鬥狀態。」

她在圈子裡還沒什麼名氣，每次去參加活動多多少少都會遇到讓人不太愉快的事，還以為這次也一樣。

許摘星一邊幫她穿裙子一邊說：「設計師大多都有傲骨，我們運氣好，沒碰到小人。」

她忍不住說：「大小姐，跟著妳真好，都沒人會欺負我。」

一句話道出了娛樂圈多少辛酸。

許摘星手指一頓，好半天才輕聲說：「辰星會強大起來的，相信我。要不了幾年，那些曾經欺負妳的人就都會仰視妳。我們都會變強。」

我們都會變強，然後去保護想要保護的人。

許摘星和趙津津一進換衣間，外面就討論起來了。

剛才主動跟許摘星打招呼的那個男人叫安南，以前在頂級時尚刊物當編輯，跟這屋子裡的設計師和模特兒大多都認識，妥妥的交際花。

那邊門一關這邊就開口了：「我的乖乖，十六歲，這應該是這麼多屆以來年齡最小的一個吧？」

另一個接話：「進到複賽這一輪的，應該就是最小的了。」

安南感嘆：「後生可畏啊。」

設計這個行業，並不是勤能補拙的一行，它非常看重天賦，說是百分之九十九的天賦加百分之一的努力也沒錯了。

有時候專業加經驗都比不上靈光一閃。

十六歲就能進複賽，那必須是天賦那一掛的了。一聊起來，言語中都不掩羨慕。化妝檯最邊上一直沒說話在幫模特兒做髮型的女設計師突然冷冷開口：「線稿能進複賽，成品不一定合格。設計天賦是很重要，但動手能力可不是天賦能支撐的，還誇上天了。」

安南個人審美一直很喜歡元氣美少女，剛才進來的那個女孩簡直長在了他的審美點上，聽這陰陽怪氣的嘲諷，忍不住嗆過去：「人家既然敢來，就說明不虛，合不合格，等她出來就知道了。就算成品不行，十六歲的線稿能進複賽也已經很厲害了，誇兩句怎麼了？」

女設計師知道他人脈廣，臉色有些不好看，冷哼一聲沒說話了。

不過說得倒也是。

除去衣服成品外，大賽規定，模特兒從頭到腳的妝髮也都必須由設計師一手包辦，不得假他人之手，這樣呈現出來的才是完整的作品。

剛才那個跟著進來的女模特兒雖然長得挺漂亮的，但披著頭髮，臉上明顯只打了個妝底和口紅，換完衣服出來，她還必須幫模特兒設計髮型，化妝。

安南不由得為才見了一面的小女孩操心起來。

正想著，換衣間的門打開了。

所有設計師停下手裡的動作看過去。

趙津津拎著裙子走出來，許摘星蹲在她身後打理裙擺，指著二十七號的化妝檯：「坐過去坐過去，妳手放下來，不會踩到的！」

趙津津聽話的鬆開手，腰側的輕紗像水紋一樣滑落，身後隨著她的步伐緩緩展開，一時之間，滿室星光。

所有人包括模特兒的視線全部落在趙津津一個人身上。

目光中只有一個含義。

太美了。

從上到下，由白到淺，漸變夜空的深藍，裙擺融為了墨，星羅棋布點綴了碎鑽，狀似羽衣，不知道是裙子更美，還是人更美，相互襯托，彼此映照，美得四周黯然失色。好半天，安南才喃喃發出一句：「我的天哪。」

他妝也不化了，幾步蹭過來，直接蹲在趙津津身後，從背看到腰再到裙擺，最後視線落在鑲滿碎鑽的裙擺上。

起碼有上千顆。

他扭頭問打開化妝箱的許摘星：「這些都是妳手工縫上去的吧？」

手工和機器的區別在他們眼裡還是很明顯的。

許摘星點點頭。

安南不可思議地嘆氣：「要我來縫這麼多鑽，我眼睛都要瞎了，年輕就是好啊。」

裙子一出現，大家都服氣了，安南現在對這個女孩喜歡得不得了了，趕緊站起身拿了張名片給她：「認識一下，我叫安南，以後常聯絡！」

名片上寫的是《麗刊》主編，這下輪到許摘星不可思議了。

這不是以後的四大刊之一嗎？

不對，現在這個時候，《麗刊》還沒發展成四大刊，還在因為新媒體的衝擊苦苦掙扎在轉型的邊緣。以前行銷號給 S-Star 畫過《麗刊》的餅，粉絲都挺興奮，許摘星不懂雜誌封面對明星意味著什麼，專門去做過功課，查資料的時候還看到過《麗刊》曾經差點倒閉的爆料。

說是誰誰誰力挽狂瀾，摒棄以往的風格，打碎一切全部從頭開始，才重新救活了《麗刊》。

誰誰誰是誰來著?忘了。

她把名片收起來，禮貌地伸出手去：「你好，我叫許摘星，我沒有名片。」

安南笑著跟她握了下手：「妳還是學生吧?」

許摘星點頭：「對，我馬上要高二了。」

安南幫她打氣：「小朋友加油啊。對了，妳會妝髮嗎?」

許摘星給了他個wink：「會，哥哥你去忙吧，你的模特兒還在等你呢。」

安南三十多歲，早就過了當哥哥的年齡，被她一句哥哥喊得心花怒放，對女孩的好感又上了一個層次。

趙津津透過鏡子看著這一切，忍不住跟拿著粉撲開始幫她化妝的許摘星嘀咕：「什麼哥哥，他明明都可以當妳叔叔了。」

許摘星戳了下她的臉，咬耳朵道：「那他會不高興的。」

以前剛畢業跟妝的時候，還把比自己大二十多歲的人叫哥呢。這是職場生存準則。

趙津津內心：大小姐真棒，大小姐要小心機的樣子好可愛。

許摘星上好底妝，開始專心致志幫她化妝。

趙津津閉著眼，有點忐忑地問：「大小姐，妳會化妝嗎?要不然還是我自己來吧?妳分得清哪個是眉筆哪個是眼線筆嗎?」

許摘星：「閉嘴，我都知道。」

趙津津：「你們高中生不是不能化妝嗎？我以前上大學的時候都不知道口紅該怎麼抹。現在的高中生這麼早熟嗎？教務主任都不管嗎？」

許摘星：「妳再說話我就把妳化成如花。」

趙津津終於閉嘴了。

安南來得早，此時已經把模特兒的妝髮都弄好了，讓模特兒坐到沙發上休息，自己跑到許摘星旁邊來觀摩。

一看不得了，小妹妹化妝的手法太嫺熟了。不僅嫺熟，還快。起初他看著趙津津臉上那兩道彎彎細眉，本來還有些異議，這不是時下流行的眉形，而且眼妝也不好搭，考慮要不要出聲指導指導。

隨著眼妝漸漸成型，他知道他錯了。

許摘星化的眼妝色調，明顯偏古典風，之前那對不協調的彎彎細眉，瞬間就成了點睛之筆，令模特整張臉婉約了起來。

安南忍不住問：「妳這件裙子叫什麼名字啊？」

許摘星半蹲著身子，用筆在趙津津眼角點了一顆朱砂痣，低聲說：「飛天。」

安南一拍手：「我說呢，這裙子很有點羽衣的意思，可不就是羽衣飛天！」

隨著妝面逐漸定型，安南眼裡的驚豔也越甚，忍不住問：「妳這個化法，我以前沒見過，這個色調用得好有新意啊。」

許摘星心說，可不是嗎，我用的是十年後的審美呢。

另外幾個設計師一直聽著安南在那問東問西，都忍不住丟下模特兒跑來圍觀，趙津津睜著半隻眼睛說：「你們幹什麼，不要偷師啊！這都是我家大小姐的獨門祕技！」

安南盯著她看了這麼久，總算是想起她是誰：「欸，我知道妳，妳不就是《桃花潭》裡的那個小蛇妖嗎！妳叫趙什麼？」

趙津津說：「趙津津！津津有味的津津，什麼小蛇妖，我演的叫清靈！」

安南略帶歉意的哈哈大笑，「好的好的，我記住了。妳不演電視劇，怎麼跑來當模特兒了？改混時尚圈了？妳怎麼叫摘星大小姐啊？」

趙津津疲憊地說：「你的問題太多了。」

然後就閉上眼不說話了。

許摘星：該，話癆遇上話癆，總有一方投降。

妝面完成之後，許摘星開始做髮型。她把趙津津的長髮用同色系的紗帶綰了起來，開始綰髻，安南都不知道她是怎麼把順滑的頭髮變成那麼複雜又漂亮的髮髻。

趙津津漂亮的天鵝頸和蝴蝶骨全部露了出來，整個人真的像馬上就要飛天的仙女，無論裙子還是妝髮都透著仙氣。

安南回頭看看自己的模特兒，憂傷地說：「我懷疑妳要拿冠軍。」

許摘星抱拳：「大哥言重了。」

妝髮完成，趙津津對著鏡子足足照了好幾分鐘，最後下結論：「我太美了，我不紅天理難容。」她看著許摘星，「大小姐，妳要是我的御用妝髮師該多好啊。」

許摘星收拾化妝箱：「妳是在嫌棄現在的妝髮師嗎？那回去了我讓我哥幫妳換一個。」

趙津津：「哎，換再多有什麼用，都不是妳。」

許摘星笑著趕她去沙發休息。

全部換裝完畢，很快就該模特兒上場了。許摘星排在第二十七位，倒是給了趙津津很多準備時間。

周圍的模特兒都是專業的，有些厲害的設計師甚至請來了超模，一對比趙津津完全是個門外漢，她難免緊張。

許摘星幫她灌了十分鐘「她們都沒妳美、美即正義」的雞湯，才終於讓她平靜下來。

輪到第四組的時候，許摘星陪她走到入口後面排好隊，又替她把裙擺理好，朝她比了個打氣的動作，退到一邊去看秀臺轉播螢幕。

很快，前方傳來主持人的聲音：「接下來走上T臺的是二十七號設計師的作品，《飛天》。」

趙津津深吸一口氣，抬起下巴，抬步走了出去。

T臺下面烏泱泱全是人，白光啰嚓啰嚓不停地閃，她目不斜視，表情管理非常到位，像一個高貴的仙女從頭走到尾，定位五秒之後又從尾走到頭，完成了兩分鐘的展示。

站在前方定位的時候，沒有錯過那一排評委眼裡的欣賞和驚豔。

一回後臺就衝過去抱許摘星：「大小姐！穩了！絕對穩了！」

許摘星也誇她：「走得超級棒！」

接下來就是等複賽結果了。

趙津津為了收腹到現在都沒吃飯，只喝了幾口水，許摘星不知道從哪找了瓶優酪乳過來給她喝，喝完了又重新幫她補唇妝。

安南的作品展示也結束了，他對這塊熟，還去T臺下面的媒體雜誌區晃了一圈，回來就朝許摘星豎大拇指：「都是在討論飛天。」又笑著看了癱在沙發上的趙津津一眼，「還有妳。妳要紅了。」

趙津津：「想喝可樂，想吃麻辣燙。」

許摘星想起自己每次去夜市找岑風時都會經過的一家麻辣燙，生意特別好，聞起來也很香，跟她說：「今晚帶妳去吃，不告訴雲哥。」

趙津津眼睛都亮了，吞了好幾口口水。

等所有模特兒展示結束，一個小時後，決賽名單出來了。國外主辦方就是這點好，快刀斬亂麻，不像國內，老搞形式主義，流程多得要命。

所有設計師和模特兒都等在入口處，聽著主持人公布名單，一個一個走出去。

許摘星的名字是第九個念出來的。

她跟趙津津對視一眼，手挽著手走了出去。

T臺已經換成了寬敞的舞臺，底下對二十七號飛天的興趣最高，一聽到名字，都歡呼鼓掌起來。

結果等許摘星出來，一群人呆住了。

等等，這個小妹妹，看上去有點小啊？

連主持人都愣了幾秒，不過臨場反應強，立即道：「沒想到我們二十七號設計師居然這麼年輕，真是令人驚訝呀，我們有請到這邊來。」

許摘星跟著趙津津站過去，主持人接著宣布剩下的名單。

她第一次站上舞臺，還是她曾經做夢都想上的舞臺，說不激動是假的。但大概近年來經歷的事情太多，情緒控制能力也變強了，心裡打著滾撒著歡似的，面上還是一派自然。

甚至看到了坐在第二排的許延。

兩人目光對視上，許延笑起來，朝她比了下大拇指。

她也忍不住笑起來。

攝影鏡頭恰好移到她身上，大螢幕上出現她的笑容。

青春稚嫩的小女孩，五官還未全部長開，臉上仍有點嬰兒肥，但明眸皓齒，一笑起來，像陽光變成了蒲公英，輕輕軟軟飄落在人的心上。

歡呼聲立起，媒體對準她劈哩啪啦一頓拍。

進入決賽的一共二十人，設計師會依次講解自己的作品，再由臺下的評委點評。趙津津微微側著身子，低聲問：「妳想好怎麼說了嗎？」

許摘星：「沒有，我國文成績最差了。」

趙津津急了：「妳怎麼不提前打草稿啊！」

許摘星：「沒記起還有這件事。不慌，看我臨場發揮。」

趙津津回憶一下自己出席過的幾次紅毯，那些影后影帝前輩們的發言，悄悄教她：「妳要感謝妳爸媽，感謝妳的老師朋友，感謝主辦方……」

正說著，主持人把麥克風遞過來，笑道：「終於到了我們的二十七號，看大家和呼聲和評論老師的目光，想必對我們這位小設計師早就很好奇了。」

許摘星在趙津津絕望的目光中接過麥克風，抿了下唇，開口：「大家好，評委老師好，我叫許摘星，是飛天的設計師。」

底下的評委無一不是國際大腕，著名時裝品牌SV的創辦者Scarlett立刻道：「我最好奇的，應該也是所有人最好奇的問題，妳多大了？」

參賽是匿名，評委們也是現在才知道每個作品的設計師是誰。

許摘星說：「我十六了。」

得到意料之中的答案，底下仍是一片驚呼。

這可是大賽舉辦以來年齡最小的設計師了。而且她還進入了決賽！

服設協會的副會長劉承華最是鐵面無私，毫不客氣地問：「妳能當著我們所有人的面保證，這件作品從設計到製作都是由妳一個人獨立完成的嗎？」

許摘星點頭：「我保證，飛天是我獨立設計的作品。」

這可是整個時尚界都盯著的比賽，作不得假，她目光堅定，聲音也很有底氣，劉承華點了下頭，接著問：「說說妳的設計理念。」

來了來了來了，最重要的一個環節來了！

趙津津緊張得手心都冒汗了，忍不住轉頭看著許摘星。

卻見她在發呆。

大小姐關鍵時刻妳怎麼發呆啊！

詞。」

大概是十秒，還是二十秒，才聽見許摘星開口：「飛天的設計靈感，來源於一句古詩

她看著前方炫目的燈光，很甜地笑了一下：「我欲乘風歸去。」

第八章　那束光

我欲乘風歸去，又恐瓊樓玉宇。

這句在國內膾炙人口的古詩詞，從她嘴裡說出來時，現場都靜了下來。一般人聽到飛天這個詞，首先聯想到的一定是敦煌，和那些瑰寶壁畫。

而這個作品不管是從裙子的設計上還是模特兒的妝髮上，都帶有明顯的中國古典元素。大家都以為靈感是來源於敦煌壁畫無疑了。

誰能想到居然會是《水調歌頭》。

可竟然也很貼合。

羽衣飛天，乘風歸去，再看看趙津津，想想那畫面就覺得美。

後面的大螢幕投放出飛天的線稿，許摘星簡單說了一遍自己設計這件裙子時的想法和理念，以及在創作過程中遇到過的問題和製作上的困難。

說到裙擺上星羅棋佈的碎鑽時，還活躍了下氣氛：「為了縫完這幾千顆碎鑽，我連續一週沒寫作業，被老師罰掃了三天廁所。」

底下都友善地笑了。

說完之後，國內著名服裝設計學院的教授拿過麥克風道：「剛才聽妳說到妳的設計理念，有一句話是，人間泥潭，遍地黑暗，唯有天上一束光照下來，成了妳唯一向上的支撐。容我不禮貌地問一句，妳才十六歲，想來也是富裕家庭出身，為什麼會有這樣的感悟？那束光又指的是什麼？在我看來，這未免有一點為賦新詞強說愁了。」

才十六的年紀，最煩惱的大概就是課業了吧，沒有成年人的種種壓力，又何談泥潭黑暗這樣沉重的詞彙。

老教授這話問得一針見血，底下的人都屏住氣，想聽許摘星怎麼辯解。

沒想到她聽完問題，只是淡淡笑了一下，點頭說：「算是吧。少年不識愁滋味，我希望我永遠也不用懂那種滋味。」

就讓曾經那些幾乎要了她的命的黑暗，永遠消散在曾經。

她再也不會回頭去看一眼。

只需向前。

底下期待的人有些失望，反而是問出這個問題的老教授笑著點了點頭，放下了麥克風。

許摘星說完，輪到下一個參賽者，旁邊的趙津津總算鬆了口氣。

剛才那老頭故意找碴，她可使勁地捏了把汗呢！

直到二十名設計師全部講解完自己的作品，下面的評委開始了評分和選擇。趙津津偏過頭低聲說：「我覺得我們至少可以拿第三。」

許摘星：「我覺得不行。」

趙津津不爭氣地看著她：「妳怎麼這麼沒自信！」

許摘星：「我覺得至少第一。」

趙津津：「……」

打擾了，是在下不夠倡狂。

許摘星笑著戳她腰窩，「哎呀，放鬆點，拿不拿獎無所謂的，能進到決賽我就心滿意足了，反正我還年輕，來年再戰。」

趙津津勝負心比較強，噘著嘴說：「反正，不進前三就是他們沒眼光！」

十分鐘之後，評委結束了討論，工作人員將名單卡拿上來交給了主持人。比賽終於到了最關鍵的一刻，所有人屏氣凝神，盯著那份名單。

主持人做足了前戲，吊足了胃口，然後從第三名開始宣布。

「獲得本屆巴黎時裝設計大賽第三名的是，三十號設計師安南，和他的作品《盛宴》！讓我們恭喜安南！」

安南一臉驚喜，跟只隔了一個人的許摘星擊了下掌。

主持人接著公布第二名，是一名來自英國的女設計師。

剩下的就是今晚的重頭戲了。

趙津津聽到第三、第二都不是自家大小姐，頓時有點不開心，心裡面暗自嘟囔，這些人到底怎麼回事！有沒有眼光！

正碎碎念，突然聽到主持人說：「恭喜我們的小設計師許摘星，獲得第四屆巴黎時裝設計大賽的冠軍！」

趙津津尖叫一聲，一把抱住身邊的許摘星。

評委賽高！是這世界上眼光最好的人！

底下響起熱烈的掌聲，幾位評委也是一臉笑意，看來這個結果是他們共同認可的決定。許摘星話說得倡狂，倒是真的沒想到自己能拿第一，愣了一下才朝鏡頭開心地笑起來。其他沒獲獎的設計師們帶著模特兒下臺，緊接著評委上臺頒獎。

沉甸甸的金色獎盃頒給許摘星之後，麥克風也遞了過來，她清清嗓子，開心地說：「能拿到這個獎，我首先要感謝我的父母，其次要感謝我的朋友和老師，然後要感謝主辦方和各位評委老師，這些都是我旁邊這位趙津津小姐姐教我的，謝謝大家。」

底下哄然大笑。

她看著鏡頭，不知道想到什麼，笑容變得好甜好甜，連聲音都輕得溫柔：「謝謝我的那束光，我永遠愛你。」

大賽收尾，獲獎選手跟評委們一起合了影，接著就是媒體區的採訪。許摘星當然是所有媒體都想採訪的對象，但是她不習慣面對這麼多鏡頭，簡單說了幾句就把趙津津推了出去。

趙津津對這種場面輕車駕熟，她今晚的美貌震撼了所有人，也有不少媒體認出她是誰，從當模特兒的心得逐漸問到了她最近的行程安排上，算是賺足了話題。

許摘星美滋滋看著自家藝人曝光度大增，熱度上漲，腦子裡已經開始幻想趙津津代言接到手軟，劇本隨便挑，綜藝天天上，像隻勤勞的小蜜蜂一樣幫自己賺錢的畫面。

嘻嘻，美滴很、美滴很。

等採訪結束，雙贏的兩人心滿意足回到後臺。

安南還等在那，一見她過來立刻迎上去，先是恭喜她拿獎，然後才問：「妳知道拿冠軍可以跟巴黎主辦方那邊合作一個屬於自己的品牌吧？」

許摘星點頭：「我知道啊。」

安南搓了搓手，試探著問：「那等妳跟那邊確定下來後，第一個專訪和作品秀能預約給我嗎？《麗刊》把那一期的封面給妳，標題我都想好了！絕對爆！」

許摘星大方笑道：「這有什麼不可以的，等我跟主辦方確認好了，第一時間告訴你。」

安南沒想到這麼容易就拿到她的專訪，這可是這一屆的設計冠軍，年齡又是史上最小，爆點足熱度高，多少雜誌媒體等著採訪，頓時喜出望外：「那行，妳有我的名片，我們隨時聯絡！」

許摘星笑著點頭。

時尚雜誌這塊的資源是目前辰星很欠缺的，能結交安南這樣的人脈，對於公司藝人的發展很有利，她當然不會推辭。

跟安南聊了幾句，有主辦方的負責人過來找她，將她帶到了會議室。

主辦方的中國區負責人都在裡面，他們主幕後，負責活動的流程和舉辦，剛才聽說這屆拿到冠軍的設計師是一名十六歲的高中生，都驚訝無比，馬上通知了巴黎總部，將獲獎作品一起寄了過去。

總部很快打來電話，說費老想見一見這位史上最年輕奪冠的設計師。

費老就是巴黎時裝設計大賽的創辦人，法國華裔，年輕時曾是國際知名設計師，無數大獎拿到手軟，他創建的三大品牌從平價到輕奢再到奢侈，風靡全球，是時尚圈隨便一跺腳都要震三震的泰斗級人物。

於是工作人員趕緊把許摘星找過來。

許摘星進去的時候，電腦視訊已經連好了，螢幕上雙鬢雪白的老人神態儒雅，友善地跟她打招呼。

許摘星記得，費老在她大三那年去世了。

此刻能再見到這位傳奇人物，內心無比唏噓，在螢幕對面坐下，禮貌道：「爺爺你好，我叫許摘星。」

費老笑呵呵的：『國內人才輩出，我心甚慰啊。』

越是厲害的人，和他聊天就越是輕鬆，許摘星感覺自己像在跟自己爺爺聊天一樣，一點壓迫感都沒有，有的只是長輩對於晚輩的期許和讚揚。

聊了十多分鐘，末了，費老說：『對於創辦自己的獨立品牌，妳已經有想法了嗎？』

許摘星堅定地點點頭。

費老笑道：『很好。年輕人就是要敢想，想得越多，今後的路就越順。他們會和妳聯絡的，我很期待看到妳的作品。』

掛掉視訊之後，工作人員把合約遞了過來，還有專門安排給她的負責人的聯絡方式以及信箱。

知道她還沒成年，工作人員說：「妳可以先把合約帶回去交給大人看看，他們認可之後，還需要再簽一份監護人同意書，到時候一併寄給妳的負責人。」

許摘星點頭，一一道謝後，離開了會議室。

趙津津已經換下了飛天，抱著裙子等在樓下，她還處於興奮狀態，一看到許摘星就蹭上去抱住她：「大小姐妳太厲害了，妳怎麼能這麼厲害，妳簡直要頂替白蘭度成為我的新偶像了！嗚嗚嗚我這輩子做的最正確的決定就是簽了辰星，妳不知道，當時好幾個經紀公司要簽我，要不是看許總長得帥，我肯定就去其他大公司了。」

許摘星：「……」

姐妹，這種話妳就不必告訴我這個老闆了吧？

而且妳居然是因為我哥的顏值才選擇了辰星？會不會太隨便了？妳到底是想當藝人還是當我嫂子？

許摘星決定從今天起監督許延護膚健身，可千萬不要成了大老闆就開始發福長啤酒肚，他的顏值現在屬於公司財產了，不得隨意損壞。

走到出口的時候，許延已經把車開了過來，等她們一上車就問：「今天想吃什麼？」

看樣子是要請客慶祝了。

許摘星腦子裡轉了十八個彎，正在思考怎麼大敲他一頓，趙津津非常興奮地搶答道：「麻辣燙！冰可樂！」

許延笑笑：「行，去哪吃？」

趙津津一指許摘星：「大小姐說的那家，在什麼夜市！」

許延略一思考：「我知道在哪了。」

於是車子發動，直奔夜市。

全程沒有參與的許摘星：「……」

等等？我才是今天的主角吧？你們問過我這個冠軍的意見了嗎？

不過去夜市的話就可以見到岑風了，這樣想想也就欣然接受了。

車子開到夜市的時候才五點多，忙人沒下班閒人沒出門，生意總是很好的麻辣燙店沒幾桌人，清靜又寬敞。

許摘星和許延都不吃辣，趙津津做出了最大的讓步：「行吧行吧，那就鴛鴦鍋。」

三瓶可樂擺上桌，趙津津終於得償所願，看表情幸福得快要升天了。

許摘星象徵性地吃了幾口就擱了筷子，假模假樣地站起身：「我想吃手抓餅了，去買一個回來。」

趙津津說：「我也要！我要培根的。」

許延狐疑地看了她一眼，不知道有沒有猜到她心中所想，倒也沒拆穿，點了下頭。

許摘星開心地跑了。

轉過街角，斜對面就是岑風每次賣唱的地方。

她已經想好等一下見到他要說什麼了，要告訴他自己的作品拿獎了，他那麼溫柔，肯定會對自己說恭喜！甚至可能還會誇她一句厲害！

啊啊啊什麼獎勵都比不上愛豆的一句誇獎！

她撒著歡地跑了一路，停下來喘著氣等紅綠燈的時候，看到街對面三角區的地方有人支了個小攤子在那賣東西。

許摘星愣了一下，等綠燈亮起時，順著人流走過馬路，走到那小攤販跟前停下。

架子上擺的都是些盜版的CD和錄影光碟，小喇叭放得震天響，唱的是時下流行金曲。

中年老闆招呼她：「小妹妹，買CD嗎？」

她下意識問：「你怎麼在這賣東西啊。」

老闆樂了：「我怎麼不能在這賣？」

許摘星說：「這裡每晚有人在這唱歌的。」

老闆笑嘻嘻的：「哪有什麼唱歌的啊，從早到晚都是我，我都在這擺了一個月了。」

她的心臟咚咚跳了兩下，拔腿衝到旁邊的雜貨鋪，直奔櫃檯。年輕的女店主看到她的第一眼沒把她認出來，笑著招呼：「歡迎光臨。」

許摘星著急道：「幾個月前我給了妳一罐糖和五百塊錢，讓妳每天給賣唱的那個男生送一顆，妳還記得我嗎？」

女店主恍然大悟：「哦哦，是妳啊，我記得妳。」

許摘星感覺嗓子緊巴巴的：「妳送了嗎？」

女店主欲言又止地看著她，好半天，趴下身子從下面的櫃子裡把糖罐拿出來，抱歉地說：「不好意思啊，他沒有再來過。」

許摘星盯著滿滿一罐的糖果，有那麼一下子，眼睛澀澀地疼。

女店主又拿出五百塊錢來：「沒幫妳送糖，錢妳拿回去吧。」

好半天，看見女孩揉了下眼睛，抬頭時唇角還是彎彎的，她伸手抱回糖罐，輕聲說：「就當是妳的保管費吧，謝謝妳呀。」

說完，朝女店主禮貌地點了點頭，轉身走了。

女店主看著她落寞的背影，怪於心不忍的，糾結了半天，還是跺跺腳追出去了，喊她：「欸，妳等等。」

許摘星抱著糖罐回過頭來，眼眶紅紅的。

女店主嘆氣道：「算了算了，我當個言而無信的壞人，跟妳說實話吧。他其實來過，就是妳走後沒多久。」

她把岑風交代她的話複述了一遍，又說：「他雖然不要糖罐，但是走之前從裡面拿了一顆糖。不過從那天之後，他的確沒再來過了。」

許摘星愣愣地看著她，一時之間不知道該用什麼表情來面對這個一波三折的反轉劇情。

愛豆知道她來送糖了。

愛豆不要她的糖。

愛豆拿走了一顆糖。

那到底是喜歡，還是不喜歡啊？為什麼他要讓店主騙自己啊？為什麼那天之後他就再也沒來過這裡了？

是因為，他不想她再來找他嗎？

拿走她的那顆糖，是當做道別的禮物嗎？

許摘星低頭看看懷裡的糖罐，感覺心裡更悶了。

回到麻辣燙店的時候，趙津津已經吃飽喝足了，看到她懷裡的糖罐好奇道：「妳去買糖啦？手抓餅呢？」

她愣愣地坐回座位，整個五官都沮喪下來，悶聲說：「關門了。」

趙津津心大，沒察覺她有什麼不對，點了點頭，又眼巴巴地問：「妳買的那個糖，是什麼口味的？好吃嗎？」

許摘星當然聽懂了她的暗示，悶悶不樂道：「好吃也不給妳吃，妳今天的熱量已經超標了。」

趙津津頓時氣呼呼的：「大喜的日子多吃一顆糖怎麼就不行了？」

許摘星不理她，小心翼翼把糖罐放在桌角。雖然愛豆沒要這罐糖，但是他拿走了其中的一顆，四捨五入就等於這一整罐糖都是屬於愛豆的！

許延察覺她的情緒不對，問她：「妳怎麼了？」

許摘星搖搖頭，勉強笑了一下：「沒怎麼呀，只是有點累了。」她拿起筷子，故作輕鬆道：「你們沒吃完吧？還有剩的嗎？」

趙津津幫她夾菜：「有有有，白味鍋裡都是妳的！」

許摘星拿自己的筷子擋她的筷子：「啊啊啊別用妳的紅油筷子玷污我的白味！」

兩人在那裡用筷子妳戳我我戳妳，玩得不亦樂乎。許延的目光移到桌角那罐糖上，皺了下眉。

✦

參加完比賽，許摘星就要回S市繼續上學了，巴黎主辦方那邊給的合約許延已經讓公司的律師看過，沒有問題，她回家後只需要找父母簽同意書，就可以開始跟主辦方合作創辦品牌了。

她雖然是服裝設計系畢業，但創辦品牌還是頭一遭，許延對這方面不瞭解，也給不了太多的建議，畢竟運營品牌和運營公司並不一樣，其中涉及到的細枝末節，還得經手了才知道。

許摘星趁著臨走前，去了據說是B市最大最完整的書店買相關方面的書籍，打算好好研究一下，不至於在跟主辦方合作的過程中吃虧。

許延開車把她送到書店門口就走了，讓她逛完了再打電話給他。

這家最大的書店足有四層樓，每一樓分門別類，許摘星需要的專業性書籍就在四樓。平日人不多，書店裡冷冷清清的，空氣裡都是書墨香味。許摘星不急著買，從一樓開始慢慢逛，還看到了程佑天天碎碎念賣斷貨的言情小說，一併放在購物籃裡。

逛完第一層，坐著扶梯往上的時候，左手邊的下降扶梯上站了一個人。

穿深藍色T恤，戴著棒球帽和黑色口罩，衣服的帽子又罩在棒球帽上，將整個人嚴嚴實實地包了起來，有股生人勿近的冷漠氣場。

他垂著頭，懷裡抱著一疊書，順著扶梯運行緩緩往下。

許摘星還拿著那本言情小說在看背面的簡介，餘光那麼隨意的一瞟，然後愣在原地。

愛豆就算包成了粽子她也能認出來！

再相遇如此猝不及防，上下扶梯交錯，就這麼愣神的時間，岑風已經下完扶梯，朝門口走去。

許摘星來不及多想，腦袋在看見他的那一刻停止了運轉，只是本能地兩三步爬完剩下的臺階，又轉道下扶梯，追了下去。

追到門口的時候，岑風正在付錢。

跑近了，清晰地看到他的身影，看到他帽簷投在鼻樑上的陰影，整個人才稍微清醒過來。

他會不會，並不想見到自己啊？

許摘星有些遲疑，無意識地小步往後退，想先躲起來，冷靜冷靜再說。剛退了沒兩步，岑風似乎意有所感，偏頭看了過來。

帽簷遮住了他的眼睛，許摘星卻知道他是在看著自己。那一刻，所有的猶豫和遲疑都沒了，她一下子笑起來，眼神溫暖又亮：「哥哥！好久不見！」

岑風看了她好一陣子，伸手摘下口罩，淡聲說：「嗯，好久不見。」

許摘星的心臟撲通撲通跳個不停，這樣的偶遇對於追星女孩來講簡直是天大的驚喜，高興到一時間不知道該說什麼，只能看著岑風傻笑。

收銀員打包好書遞過來，微笑道：「你好，一共三百二十一。」

岑風回頭看了一眼，頓了頓，說：「稍等一下。」

他抬步走到許摘星面前，伸手拿過她購物籃裡的書，一併交給收銀員：「這個一起。」

「好的，您稍等。」收銀員加掃了一次，「一共三百五十二。」

她把掃完的書放在岑風原本的那疊書上。

岑風付完錢，低頭一看，花花綠綠的封面上幾個非常浮誇的大字：《別想逃，總裁的惹火小嬌妻》。

岑風：？

許摘星：「……」

哥哥事情不是這樣的你聽我解釋！

許摘星崩潰了半天，在岑風的打量下硬著頭皮走過來，飛快伸手把那本害她風評的言情小說塞進自己的書包裡，尷尬地解釋：「這……這是我幫同學買的……」

岑風：「嗯。」

嗚嗚嗚哥哥我知道你不信，我不怪你，要怪就怪自己遇同學不淑。

從今日起，我與程佑不共戴天。

許摘星崩潰完了，趕緊慌張地轉移話題：「哥哥，你也來買書嗎？」

岑風點點頭，把檯子上幾本書拿起來。許摘星看到書名都是什麼機械設計、運轉原理，一看就很高級。

愛豆居然還會搞這種工科嗎？

許摘星像發現什麼新大陸一樣，眼睛亮晶晶的，興奮地問：「哥哥，原來你還會機械設計呀？」

她的眼神發光，明晃晃地說，你怎麼這麼厲害啊！

岑風說：「隨便看看。」

他走到儲物櫃旁邊，拿出自己之前寄存的黑色雙肩包，把幾本書裝了進去。

許摘星看見那包裡裝滿了奇奇怪怪的機械零件，還有好多沒開封的小盒子，雖然好奇，但什麼都沒問。

岑風把雙肩包搭在肩上，看了看門外灑照的陽光，頓了一下，還是回過頭問小心翼翼站在他身後幾步遠的女孩：「妳買完了嗎？」

許摘星本來想說還沒有，擔心這麼一說愛豆就要跟她拜拜了，又實在不想承認她來這就是為了買那本總裁的惹火小嬌妻，一時之間居然卡住了。

岑風等了半天沒等到她的回答，看她的小臉神情變換精彩，不知道是不是猜到了什麼，居然笑了一下。

雖然那笑很淡，又很快隱匿在他的冷漠中，可自從再遇他以來，許摘星看到他笑的次數屈指可數，這一笑，簡直笑得她心都絞痛了。

還管什麼風評不風評的，只想能多跟他說幾句話逗他開心，立即道：「買完了！這本小說賣得可好了，到處都斷貨，沒想到能在這買到，而且還遇到了你！」她語氣深沉道：「這家書店難道是什麼專幫人實現心願的神仙廟嗎？」

岑風：「……」

她笑起來，眼睛彎彎的，盛滿了陽光：「哥哥，天氣回暖了，我請你吃霜淇淋吧。」

——等天氣回暖了，我再來找你。

今日晴空萬里，陽光燦爛。

書店開在繁華區，街對面就有一家霜淇淋店。

許摘星一蹦一跳走在前面，走到店面，看了看牆上店家的招牌，回頭開心地問他：「哥哥，你要吃什麼口味？」

岑風說：「都可以。」

許摘星並不意外這個回答，轉頭笑瞇瞇地跟老闆說：「要兩個香草！」

老闆很快做好兩個霜淇淋，蛋捲包在五顏六色的紙殼裡，遞了過來：「歡迎下次光臨。」

許摘星一隻手拿了一個，轉身跑回岑風身邊，把形狀最漂亮的那個遞給他。

這個季節吃霜淇淋其實還有點早，許摘星開開心心咬了一口，牙齒被冰得一個哆嗦。她吸了吸氣，轉頭看岑風。他垂眸咬著霜淇淋，碎髮淺淺掃在眼角，側顏漂亮，風將寬鬆的衣服吹得微微朝後鼓起，形單骨薄，像漫畫裡走出的美少年。

此時此刻，只恨諾基亞像素太低，拍不出愛豆的盛世美顏。

走了沒幾公尺，前面是一個商業廣場，中心有一個人工噴泉，廣場上有不少年輕的男生女生在玩滑板。許摘星本來以為吃完霜淇淋就要跟愛豆說再見了，正在心裡準備道別臺詞，結果岑風走到臺階邊坐了下來。

這是……邀請我一起坐過去的意思，對吧對吧？

許摘星遲疑了幾秒，非常開心地蹭過去了。

不過也不敢靠太近，中間留了足兩個人可以通行的間隙。她把書包抱在懷裡，叭叭舔著霜淇淋，悄悄歪著腦袋看他。

陽光薄薄地灑下來，他整個人好像籠在淺金色的輕紗中，碎髮根根分明。

啊啊啊愛豆絕美暴擊！

想在哥哥的睫毛上盪鞦韆！

想在哥哥的鼻樑上滑滑梯！

恨時代太落後，不能與姐妹們分享愛豆的絕世美貌！

可能是她的目光太灼熱，岑風轉頭看了過來，目光剛落在她臉上，神情突然僵住了。許摘星還不知道發生了什麼，眨眨眼睛。

然後聽見岑風僵硬地說：「妳流鼻血了。」

許摘星：？？？？？？？

她驚恐地抬手抹了一把鼻子，看到滿手的血。

我靠靠靠靠靠靠靠靠！我他媽是個變態嗎？我居然看著愛豆流鼻血了！

許摘星沒吃完的霜淇淋啪嗒摔在地上，她手忙腳亂地捂住鼻子仰起頭，用快哭出來的聲音說：「哥哥你別看我！我馬上就好了！」

都怪B市天氣太乾燥！風又大！她不適應這裡的氣候，來的第一天也流過鼻血，不過是在家裡，許延很快就幫她處理好了。

今天到底是他媽什麼世界末日！

先有惹火小嬌妻，後有癡漢流鼻血？

這是天上哪位跟她一起追星的神仙姐妹嫉妒她跟愛豆近距離接觸，對她下了詛咒嗎？

許摘星心裡一陣兵荒馬亂，正打算跑到商場裡面找洗手間，後腦勺突然被一隻冰涼的手掌托住了。

冰冷的菸草氣息罩下來，混雜著淡淡的洗衣粉清香，岑風半蹲在她身側，手裡拿著紙巾，捂在她的嘴鼻處，然後用大拇指抵住了她的人中。

許摘星渾身一抖，下意識就想推開他。

哥哥別碰我！仙子不能沾上我這個凡人的血！

你會髒的！

後頸突然被捏了一下，岑風沉聲說：「別動。」

她僵坐著，不敢動了。

大概過了兩分鐘，岑風終於鬆開手，許摘星動了動已經麻木的上唇人中，生無可戀地看著他。

聽到愛豆說：「好了，止住血了。」

許摘星想哭。

想想也知道她現在整張臉被血糊成什麼樣了。

這幅畫面將永遠留在愛豆的心中。

以後每當他看到自己，都會想起，這就是那個看著我流鼻血的花癡。

豈止想哭，簡直想死。

就在她傻坐著眼眶都氣紅了的時候，岑風突然說：「這裡的氣候太乾燥了，平時要多喝水。」

許摘星瞪大眼睛看著他。

他知道？

他知道我不是因為變態，是因為天氣乾燥！

嗚嗚嗚嗚嗚嗚媽媽我得救了。

說完這句話，他把剛才許摘星摔在地上的霜淇淋撿起來，用紙擦了擦融化在地面的奶油，一起丟進了旁邊的垃圾桶，然後問她：「還能走嗎？」

許摘星瘋狂點頭。

他笑了下：「去商場洗一洗吧。」

許摘星唰一下站起來，根本不敢抬頭，垂著小腦袋亦步亦趨跟在他身後進了商場。

找到洗手間，他在通道口停住了，把她的書包接過來，又遞給她還剩半包的面紙：「清理鼻腔的時候小心一點。」

許摘星臉上一熱，抓著紙巾逃也似的跑進去了。

商場的洗手間乾淨又明亮，玻璃擦得一點污漬都沒有，非常清晰地映出她糊滿了血污的臉，還有滴在衣服上的血跡。

許摘星欲哭無淚，無聲尖叫跺腳發洩了一下，趁著沒人趕緊打開水龍頭開始清洗。

洗乾淨出去的時候，岑風拎著她的書包斜斜倚靠在牆上，斜對面化妝品櫃檯有兩個年輕的女櫃員，一邊交頭接耳一邊拿著手機偷拍。

他似乎沒察覺，神情仍是淡漠，聽見旁邊的腳步聲，轉頭看去，看到許摘星不自在地走出來，神情才終於柔和了一些，問她：「好了嗎？」

許摘星根本不敢跟他對視，飛快接過自己的書包，埋著腦袋不抬頭，小聲說：「好了。」

因是垂著頭，沒看見岑風臉上一閃而過的笑意。

他淡聲說：「那走吧。」

他抬步先走，許摘星跟在後面看著他的背影，難過地想，是到再見的時候了。

下一次再遇不知道是什麼時候，今天她接二連三在他面前丟臉，這種反面形象不會一直留在他記憶中吧？

不行不行不行，一定要趁著離開前挽救一下自己的形象！

許摘星握拳，走出商場門口的時候，深吸一口氣，大聲道：「哥哥！我拿獎了！」

岑風一愣，偏頭看她：「嗯？」

許摘星像個幼稚園求獎勵的小朋友：「巴黎時裝設計大賽，我的作品拿冠軍了！」

我不是只會看沒營養的言情小說，也不是只會沒出息地對著你流鼻血，我好厲害的！

那雙總是明亮的眼睛，明晃晃透著一個訊息。

快誇我！

岑風烏雲密布的內心，像突然被撕開了一道裂縫，漏了一縷陽光進來。

他已經很久很久，沒有過這樣愉悅的心情。

過了好一陣子，許摘星聽到他說：「嗯，很厲害。」

愛豆誇我了愛豆誇我了！

許摘星差點高興到飛起來。

她壓抑著激動小小地跺了下腳，開心道：「那哥哥，下次再見呀！」

岑風看著她的眼睛，頓了頓，突然說：「等一下。」

許摘星期許地望著他。

岑風左右看了一圈，走到噴泉旁邊的檯子坐下，打開他那個黑色的雙肩包。許摘星好奇地跟過去，看見他拿出好多複雜的機械零件出來。

陽光投在噴泉水面，波光粼粼，映著他認真又專注的眼睛。

那些複雜的、精巧的、繁多的零件，很快在他手裡逐漸組裝成型。

許摘星看到一隻機械小狗。

岑風最後一步裝好電池，將小狗托在掌心，朝她遞了過來，他說：「恭喜拿獎。」

小狗滴滴兩聲，在他掌心搖起了尾巴。

那感覺大概就像顱內爆炸。

炸成了煙花，竄上了天，然後劈哩啪啦燃成了光點。

穩住！許摘星妳要穩住！妳今天已經在愛豆面前接二連三地出糗了！最後這一刻，一定要珍惜！

她緩緩鬆開緊咬的牙根，微不可察地溢出憋在心口的氣，然後一臉嚴肅地接過了岑風遞上來的那隻機械小狗。

因為裝了電池，小狗的尾巴一直上上下下地搖，身子也跟著晃，透著一股醜萌醜萌的機械感。

許摘星小心翼翼地把它捧在手心，看了好久，抬頭跟認真地跟岑風說：「哥哥，謝謝你，我很喜歡！」

那樣的語氣和神情，好像他送的不是隨手組裝的不值錢的小狗，而是什麼東海夜明珠。

岑風心裡微微顫了一下。

他把剩下的零件裝回包裡，拎著雙肩包站起來，神情仍是淡漠，語氣卻遠比他們第一次相見時柔和了不少，「喜歡就好。」

許摘星因為激動耳根緋紅，連青澀的臉上都染著薄薄一層紅暈，她克制住聲音裡的顫抖，小聲交代說：「哥哥，下次不知道什麼時候才能再遇到你。這次見你感覺你又瘦了一些，男孩子其實不用這麼瘦的，你多吃一點呀。」

岑風像是沒料到她會說這個，愣了一下，才點頭說好。

許摘星笑起來，捧著還在搖尾巴的小狗後退兩步，小小地揮了下手：「哥哥再見。」

岑風說：「再見。」

他將雙肩包搭在肩上，轉身離開，重新戴回帽子和口罩，又變成那個生人勿近的少年。

走出很遠，他回頭看了一眼。

女孩還站在原地，望著他的方向，見他回頭，又乖乖揮了下手。

隔得太遠，不大能看清她的臉，但岑風想，她一定是笑著的。

今天公司放假，回到宿舍的時候，另外三個室友都在，擠在客廳的沙發上看槍戰片。幾個人的說笑聲在他進屋的那一刻驟然消失，整個客廳只剩下電影裡槍火交戰的聲音。

岑風也不在意，直接回了自己的房間。

自從上次他差點把尹暢從窗戶扔下去後，尹暢再也沒作過妖了，起碼沒再來他面前刷存在感。另外兩個室友以前只是覺得他不好相處，現在覺得他就是個瘋子，瘋起來會拉著你一起死的那種。

都有點怕他。

不過這件事三個人一致守口如瓶，沒有對外說，尹暢是覺得丟臉，另外兩個是不想惹麻煩，萬一岑風恨上他們，哪天發起瘋來，半夜摸進他們房間把他們滅口了怎麼辦？

都要嚇死了。

等岑風一關上門，兩個室友對視一眼，看了看中間臉色不好看的尹暢，壓低聲音安慰：「沒事的，只要不惹他，他也不會理我們。」

尹暢勉強點了下頭。

其中一個說：「明年就要選出道位了，我們爭取選上，就可以不跟他住一起了。」

另一個卻不樂觀：「一百多個練習生，出道位只有七個，我們也不一定能選上。」說完，想到什麼，看了岑風緊閉的房門一眼，又說：「說不定他會被選上，那樣也好，他就搬出去了，最後效果一樣的。」

尹暢牙齒咬得緊緊的，內心風潮湧動。

前兩天訓練室的洗手間下水道堵了，他去樓上的高管那一樓上廁所，無意中聽到，公司新調來的那個專門負責練習生出道的藝人主管在打聽岑風。

有個油膩的中年男聲低笑著問：「馬哥，好這一口啊？」

對方笑呵呵回答說：「夠刺，夠野，馴服起來，也很有成就感不是嗎？」

兩人發出猥瑣的笑聲，尹暢僵站在隔壁間，一動也不敢動。他不小了，當然能聽懂那兩個人是什麼意思。

早就聽聞這個圈子不乾淨，沒想到會來的這麼快。

起初他還幸災樂禍，岑風被這種噁心的人盯上，想想也知道有什麼下場。

可直到剛剛，兩個室友提起為數不多的出道位，他才意識到，這種噁心的人，拽著他們的命運。

而這個人，看上了岑風，無論是利誘還是交易，只要岑風點頭，出道位一定是他的。

他會同意嗎？

不……不會的，岑風這樣的人，他再瞭解不過，怎麼可能同意，他不殺人就算好了。

可萬一呢？

那可是萬裡挑一的出道位啊。

這是公司簽約練習生以來，即將推出的第一個團，必然會給出最好的資源和宣傳。一旦出道，數不盡的鮮花和掌聲，人氣、金錢、地位，這樣天大的誘惑，岑風真的會拒絕嗎？

他一旦拒絕，不僅是出不了道，這樣直接得罪了高層，他在中天就再也混不下去了。

尹暢代入自己想了想……

如果是他……

如果是他的話，他不會，也沒那個膽子拒絕。

他明白自己的實力，在這個人人都很努力的地方，他的努力只是常態，根本不足以讓他脫穎而出。

他沒有岑風那樣引人注目的顏值和身材，更沒有岑風身上獨一無二的氣質。

前兩年剛進公司時就是這樣，像是從萬丈寒冰中掙扎而出的少年，可身體內仍燃著一團熊熊烈火，冷酷又不失溫柔，沉默又不失善良。

而如今，他身體內那團火滅了，氣質也變了，卻他媽好像比以前更吸引人了？

這個人為什麼無論怎麼樣都那麼特立獨行？永遠是最亮眼的那個？

而他呢？

他瘦小、清秀、內斂，是一眼就會忘記的存在。

明明他的長相並不差，在中天甚至算優渥的那一級別，可就是比不上岑風。那個高管是怎麼形容岑風的？

夠刺，夠野。

尹暢低頭看看自己的細胳膊細腿，一個荒唐的念頭竄了出來。

為什麼，他不可以呢？

氣質這種東西，可以改變的啊。

現成的模範擺在這裡，他可以照著學啊。

難道公司規定了，只有岑風可以走這樣的路線嗎？他憑什麼就要又乖又溫順，他憑什麼不能當一個搶眼又獨特的存在？

肩膀被人拍了兩下，室友喊他：「走什麼神呢！快看啊，到高潮部分了，男主角要去報仇了！」

尹暢瞄了電視一眼，突然站起身來：「我去公司訓練了。」

室友愣住：「你有病啊？好不容易放一次假，折騰自己幹什麼？」

尹暢笑了笑，走回房間，很快換了一身訓練服出來，又問室友：「你那罐增肌的蛋白粉在哪？我泡一杯。」

室友樂了：「你喝那東西幹什麼？正是長身體的時候。」

尹暢說：「我試試。」

室友指了指樓上：「我房間，自己去拿。」

他很快泡好了蛋白粉下來，拎著杯子出門了。

兩個室友低聲聊天：「他怎麼變得奇奇怪怪的？」

「可能是被岑風刺激到了，你看那天岑風打他，他一點還手之力都沒有。」

「他走得就是這個路線嘛，公司裡的小白兔，要變成岑風那樣，還叫小白兔嗎。」

兩人吐槽幾句，繼續看電視了。

外面的聲音並沒有影響到岑風，他把今天買的書籍和機械零件整理了一下，坐在書桌前拿出筆記本開始看書。

書桌上有很多機械模型。

小機器人、機械狗、飛機、小坦克，還有三節長的火車。都是他平時練手做的。

當工程師是他小時候的夢想。

那時候其實並不知道工程師到底是做什麼的，只是當時他們家隔壁住的那個鄰居就是工程師。他家每天都有肉吃，他們家的小孩每天都穿著嶄新的衣服和皮鞋，有數不盡的糖果和零食。

每次鎮上的人說起鄰居家，都是一副羨慕的語氣：「她家男人是工程師，可厲害了，賺大錢呢。」

於是那時候小小的他就想，等他以後長大了，也要當工程師，賺很多錢，可以每天吃肉。

而夢想總與現實背道而馳。

重來一次，他對這個世界沒什麼期待，可也沒有再死一次的想法。等合約到期離開中天，總要生活的。

學業早已中斷，現在想繼續也不可能。到時候離開這裡，做一個平凡人，有耐以生存的技術，不至於餓死街頭，就足以了此餘生。

檯燈將書桌上那堆模型投下大小不一的陰影。

岑風轉了一圈筆，抬頭的時候，視線落在那個機械狗上。想了想，伸手拿過來，擰開按鈕。機械狗在桌面搖搖晃晃地跑起來，四肢和尾巴靈活無比。

其實今天送給女孩的那個機械狗，有些粗製濫造。當時條件有限，只能組裝成那個樣子。

可她一點也沒嫌棄，開心到不行。

怎麼會那麼容易滿足呢？

她說的那個比賽叫什麼？

岑風思考了一下，伸手打開電腦，在瀏覽器輸入巴黎時裝設計大賽幾個字。

網頁很快跳出來。

看到比賽的規模介紹，總是平靜淡漠的眼神終於有了些波動。這樣的國際性大賽，她拿了冠軍？

他移動滑鼠，點進了那個標題叫史上最小冠軍設計師的影片。

女孩的身影出現在螢幕裡，畫面中評委正在頒獎，她笑得好開心，接過麥克風時天真又愉悅，說了一堆一聽就很官方的感謝詞。

最後，她看向鏡頭，岑風聽到她說：「謝謝我的那束光，我永遠愛你。」

那眼神溫暖又明亮，是每次看著他時，一模一樣的眼神。

他點了暫停，畫面定格。他盯著螢幕看了好久，半天，自嘲似的笑了一下。原來那只是她看待這個世界的眼神，他只是有幸，進入了她的視線。

她會對他這個陌生人釋放善意和關懷，也會用同等的熱情，去熱愛她的那束光。

他從來沒有羨慕過誰。

可這一刻，他真心實意地羨慕她口中的那束光。

被這樣美好又溫暖的人愛著，那個人，一定很幸福吧。

岑風面無表情扣上了電腦。

第九章　嬋娟

許延來書店接許摘星的時候，她已經買好了書，坐在書店外面的長椅上傻笑。走近了仔細一看，是盯著手裡一隻詭異擺動身體的機械狗傻笑。

反正看上去不太聰明的樣子。

看到許延過來，她高興地對他打招呼，獻寶似的把機械狗遞上去：「哥，你看這個小狗，是不是超萌超可愛！」

許延：「……」

審美也不太好的樣子。

回去的路上，她一路都在玩那個機械狗，開心得眼睛裡都快開出花了，一掃之前的悶悶不樂。

許延雖然不理解那隻又醜又奇怪的狗哪裡吸引她了，但見她整個人又恢復了活力，心裡還是鬆了一口氣，看那隻狗的眼神也就沒那麼嫌棄了。

結果快下車的時候，許摘星興奮地問他：「哥，你說我幫它取什麼名字好？叫乖乖怎麼樣？」

許延：？

Hello，有事嗎？

第二天一早許延就把她和她的狗送上了回S市的飛機。

這一次拿了大獎歸來，許父許母雙雙請假來機場接她，一見面就是一頓搓揉一頓誇，許母穿得喜氣洋洋的，上車就問：「想去哪吃？中午我們去慶祝。」

許摘星想了想，報了家她以前愛吃的高端私房菜，一家人春風滿面地去了，吃飯的時候還開了瓶香檳，訂了慶祝的蛋糕。

正吃得高興，雅致的走道上服務生領著一家人走過來，居然是宋雅南一家。

要不然怎麼會說不是仇家不聚頭呢，吃個飯都能遇見。不過也不奇怪，這家私房菜的口味很適合年輕人，在她們學校的富家子弟中廣為流傳。

宋雅南一看到許摘星，頓時一臉倒胃口的不高興，扯了扯她爸，低聲說了兩句什麼，應該是想換一家。

但生意人到底是生意人，不僅沒走，還笑呵呵過來打招呼，「許總、嫂子，好巧啊，你們也在這裡吃飯？」

雙方雖然私底下你恨我我恨你，但生意人的面子還是照顧著，都假笑著站起來打招呼。

宋爸又看著許摘星：「這就是貴千金吧？總是聽雅南提起，長得真漂亮，像她媽！欸，還開了香檳呢，在慶祝什麼喜事嗎？」

許摘星覺得這個姓宋的就是不安好心，生怕是許父的生意有什麼進展，變著法子地打聽內幕。

許父是個直爽人，倒是不在意他那些小心機，假裝謙虛實則炫耀道：「哪裡哪裡，就是小女參加國際比賽拿了冠軍，我和她媽隨便幫她慶祝一下。」

宋雅南眼睛瞪了一下，不可思議看了靜靜吃蛋糕的許摘星一眼。

就妳？國際比賽，拿獎，還冠軍？

騙誰呢？

她爸也是一副驚訝的樣子：「喲，那是該慶祝，小女孩看不出來這麼厲害呀，是什麼比賽啊？」

你問題怎麼這麼多？你家公司幹狗仔的啊？

許摘星不樂意對家打聽自己的私事，在桌子底下踢了許父一腳，許父立刻明白，擺擺手：「一個設計大賽，不值一提，不值一提！」

姓宋的想著他不說，應該是什麼不入流的小比賽，笑了一下就也沒追問了。兩人寒暄兩句，宋雅南一家就往前面包廂去了。

他們一走，許父就壓低聲音道：「我炫女呢，妳阻止我幹什麼？我不如他，難道我女兒還不如他女兒嗎？」

讓許摘星樂的，佯怒道：「你哪裡不如他？你比他帥多了，不要妄自菲薄！爸，自信一點！」

許父一聽女兒誇自己帥，樂得快找不找方向了。

吃完飯許父許母把她送回家就各自去上班了。許摘星收拾好行李也不閒著，打開電腦開始整理自己即將與巴黎主辦方合作創辦的品牌理念。

她幫自己想做的時裝品牌，取名為嬋娟。主打中式古典風高奢訂製裙，飛天只是系列中的其中一件，這個系列還有驚鴻、抱琵琶、長恨歌等。

今後還會推出一年四季四套主題裙，分別是驚蟄、夏至、白露、霜降。以及星宿系列主題裙。

這些構思不是一朝一夕得來的奇思妙想，而是她這麼多年以來設計靈感的集中體現，其中有幾套主題裙的線稿已經在她的畫本上了。

她還設計好了logo，彎彎的月亮形狀，黃色的月亮裡用草書寫了嬋娟兩字，豎版排列，自有一股但願人長久，千里共嬋娟的婉約縹緲之感。

簡單來說，就是透著貴氣。

整理完這一切已經是傍晚了，她跟乖乖玩了一下，許父許母就下班回來了。

吃完飯許摘星把主辦方給她的合約拿過來給他們看，許延早就跟他們通過電話，說明合約無誤。不過兩人還是仔仔細細從頭到尾看了一遍，確認寶貝女兒沒有被坑，高興地簽下了監護人同意書。

許摘星當晚就跟負責人聯絡好，將合約一起寄了過去，又把自己整理好的文件寄送到對方信箱。

接下來只需等對方返回合約，然後開啟她的新副本了。

終於完成了真正獨屬於自己一個人的夢想，許摘星這個夜晚睡得特別好，第二天都不用保姆來喊，自己就元氣滿滿地起床了。

請了好幾天假，還怪想念學校的。

也只有從學校畢業後，才知道曾經被他們埋怨的校園生活有多珍貴。

許摘星揹著書包，帶著乖乖，高高興興去上學，剛到教室就被程佑撲了個滿懷：「啊！摘星我想死妳了！妳終於回來了！書呢？我的總裁的小嬌妻呢？」

提到這個許摘星就想打死她，瞪了她好幾眼，才從書包裡掏出一本沒拆封的書。程佑抱著她親了一口，拿著書迫不及待回座位了。

這本是她後來又買的，愛豆付錢的那本已經被她壓箱底一樣珍藏起來了。

缺了幾天課，作業也沒寫，許摘星一上午都在老老實實趕作業，程佑只是去上了個廁所的功夫，回來就帶回一個八卦：「摘星！宋雅南她們又在傳妳的謠言！」

許摘星已經見怪不怪了，「什麼謠言？」

程佑義憤填膺：「她笑話妳請假跑去參加不入流的野雞比賽！說妳嘩眾取寵，丟人現眼！」說完了，又嘆了聲氣，拿出自己的總裁小嬌妻繼續看，「不過妳應該習慣了，算了，隨便她們說去，又不會少塊肉。」

許摘星算題的筆一頓：「不。」

程佑訝然地抬起頭，看到她冷酷地說：「程佑，妳記住，別人可以侮辱妳這個人，但不能侮辱妳的夢想！」

程佑：？

許摘星把筆一放：「走，找她算帳。」

程佑已經快忘記她曾經撕逼的模樣了，震驚過後，屁顛屁顛地跟上。

宋雅南在一班，跟她們隔著兩間教室，許摘星過去的時候，她跟她那群小姐妹在一起正說說笑笑，看到許摘星時，所有人都是一愣。

許摘星笑著走過去，非常親切地問：「都在聊什麼呢？也跟我說說。」

宋雅南幾次挑釁她都沒有回應過，是以越發囂張，此時看到許摘星走過來，一下子沒反應過來。

許摘星已經走近，跟她面對面站著，收了笑意，冷聲道：「說，當著我的面說。」

周圍的聲音靜了靜，都一副看熱鬧的樣子。她那幾個姐妹團正要說話，許摘星猛地轉頭看過去，厲聲：「沒妳的事！給我滾！」

她聲色俱厲的樣子把這群小姐妹震住了，愣是沒一個人敢說話。

宋雅南一抖，反應過來，咬牙道：「許摘星，妳想幹什麼？想打我嗎？」

許摘星輕蔑地掃了她一眼：「打妳？我怕髒了我的手。」

宋雅南臉都氣白了：「妳！」

她勾著唇角，微微湊近一些，用所有人都能聽到的聲音問：「宋雅南，妳知道周明昱為什麼不喜歡妳嗎？」

宋雅南渾身一震。

打蛇打七寸，許摘星嘖嘖兩聲，抄著手站直身體，笑著說：「因為妳背後嚼人舌根的樣子，實在是太醜了。」

大概是這個七寸打得太狠了，接下來的場面簡直可以用人仰馬翻來形容。

宋雅南歇斯底里尖叫一聲，發瘋似的撲上來一把扯住了許摘星的頭髮！

許摘星就慢了那麼零點零零一秒，瞬間受制於人。

她真是打死也沒想到，一向在學校以貴族淑女著稱的宋雅南，會像個潑婦一樣，當著所有人的面，扯她的頭髮……

許摘星頭皮疼得想殺人，罵了句髒話，也狠狠拽住了宋雅南的頭髮，兩個人在周圍的尖叫聲中開始打架，最後雙雙被趕來的老師拎到辦公室。

雙方的班導師看著面前兩個披頭散髮睚眥目裂的好學生，差點氣暈過去。最後怒聲問：「做什麼！這都是在做什麼！當學校是菜市場，妳們是菜市場大媽嗎？誰先動的手？我問妳們誰先動的手！」

許摘星立即指過去：「她！」

班導惡狠狠看著宋雅南：「妳說，妳為什麼動手！」

宋雅南現在知道裝柔弱了，哭著道：「她罵我。她罵我我氣不過才動手的。」

班導師問：「她罵妳什麼了？」

宋雅南一愣，當然不敢把周明昱的事說出來，看了旁邊洋洋得意的許摘星一眼，咬著牙小聲說：「她……她罵我嚼人舌根。」

班導師氣不打一處來：「那妳有沒有嚼？」

宋雅南：「我……」

班導師：「我問妳有沒有嚼！」

宋雅南一咬牙一跺腳：「我沒有！我只是把我知道的事情說了出來！我只是說了實話！」

許摘星差點氣笑了：「妳都知道什麼了？妳的知道是妳在不清楚的事情上添油加醋，妳的實話是根據妳惡意的揣測來侮辱別人的夢想。而且沒有經過我的同意，誰允許妳到處傳播我的事情？這還不叫嚼舌根？當我們優秀的國文老師是教體育的嗎！」

教國文的班導師：「……」

她乾咳一聲，對著哭哭啼啼的宋雅南嚴肅道：「背地傳播同學謠言的行為本身就不對，還動手！當學校是什麼地方？妳有把自己當做學生嗎！」

宋雅南被罵得泣不成聲，最後雙方班導批評教育，罰宋雅南寫三千字檢討，掃女廁所一週，口頭警告處分一次。

鑑於許摘星也動手了，但不是過錯方，也要寫一份三千字的檢討。

等兩人從辦公室出來的時候，圍在外面偷聽的同學一哄而散。宋雅南紅腫著一雙眼狠狠瞪了她一眼，然後哭著跑了。許摘星內心毫無波動，甚至想吹個口哨。

回到教室的時候，全班同學對她肅目以敬，程佑還在那偷偷鼓掌。

等她走回座位坐好，程佑心疼地在她頭頂瞅來瞅去：「摘星，妳的頭皮沒事吧？我看看有沒有禿。」

是還有點隱隱發疼，不過問題不大，她把下堂課的課本拿出來：「沒事，回家抹點藥就好了，禿了也沒關係，可以植髮嘛。」

程佑內疚道：「都怪我，不該跟妳說這些，不然妳也不會跟她打起來。她怎麼這樣啊，說動手就動手，簡直就是個潑婦！」

許摘星憂傷地嘆氣：「誰能料到她對周明昱用情竟然那麼深呢。」

簡直就像她對岑風一樣，一點就著。

說到周明昱，程佑的神情變了變，吞吞吐吐半天，才小聲說：「摘星，我跟妳說件事妳別急啊。就是吧，就是妳跟宋雅南打架這事，現在全校都知道了，大家都說，妳們是為了爭周明昱才打架的。」

許摘星：？

他配嗎？

程佑：「周明昱這下高興死了。妳等著吧，我覺得他很快就要來找妳了。」

許摘星：「……」

因為程佑這句話，許摘星放學後一秒鐘也不敢多待，抱著書包就溜了。果不其然，過了沒多久，周明昱就在教室門口探頭探腦。

程佑收拾好書包，沒好氣說：「摘星走了！」

結果周明昱說：「我是來找妳的。」

他問她：「吃炸雞嗎？」

半個小時後，程佑幸福地抱著全家桶跟周明昱面對面坐在了肯德基。程佑一邊啃炸雞一邊含糊不清：「摘星根本就不是為了你打架，你不要自作多情了。」

周明昱也不說話，等程佑吃飽喝足，才鎮定地開口：「吃過全家桶，我們就是一家人了。」

程佑：？

周明昱：「一家人不說兩家話，妳跟我老實說，真的有岑風這個人嗎？」

他這學期什麼都沒幹，天天找人。現在把S市所有學校都找遍了，都沒找到這個插足他曠世奇戀的人。

經過他聰明的大腦一番嚴密的推測，他開始懷疑其實這個人根本不存在，就是許摘星拿來拒絕他的藉口！

程佑看著他打了個飽嗝。

其實到現在，她也有些不確定。

因為每次問到岑風相關的事，許摘星總是閉口不談。

怎麼認識的，多大了，在哪上高中，平時都聊些什麼，許摘星從來不回答。

連她都開始懷疑，岑風真的存在嗎？

周明昱一看她的神情就知道自己猜對了，興奮地一拍桌子：「我就知道！哼，我就說，怎麼可能有人帥得過我！」

程佑無語地看著他：「可就算沒有岑風，她也不會喜歡你啊。」

周明昱瞪她：「妳懂什麼，女生都是要追的，只要她心裡沒別人，我不就又有機會了嗎？憑我的實力和條件，我還擔心追不到她？」

程佑：「……」

那你可能對你的實力有點誤會。

她語重心長：「還是別了吧，她現在只是不喜歡你，你要是再給她找麻煩，她可能就會開始討厭你了。」

周明昱怒道：「我什麼時候給她找麻煩了？」

程佑用看直男的眼神看了他半天，嘆了聲氣，把宋雅南造謠中傷嘲諷許摘星的事一一說了，最後罵他：「要不是因為你，宋雅南會這麼針對她嗎？摘星為了那個比賽，天天熬夜趕工，高高興興拿了個冠軍回來，被她說成是不入流的野雞比賽，要是你你不生氣嗎？」

周明昱剛開始還一副聽天方夜譚的表情，聽到最後，牙根都咬緊了。

程佑看著他的臉色，小心翼翼問：「你想幹什麼？你不會去殺了宋雅南吧？」

周明昱冷哼道：「老子不對女人動手！妳說的那個比賽，叫什麼？」

程佑說：「巴黎時裝設計大賽。」

於是第二天……

清晨，教室。

程佑：「摘星不好了！周明昱現在帶著他的小弟每人拿著一部手機站在教學大樓外面，逢人就逼人家看妳拿獎的那個影片，不看不准走！」

許摘星：？？？

啊啊啊啊周明昱你他媽是不是有病！這學校是找不到漂亮女生了嗎你到底喜歡我什麼我改還不行嗎？

不僅如此，學校論壇裡有關她在國際服裝設計大賽奪冠的文章也早早就標紅在首頁，裡面放了她比賽過程的全部剪輯，以及這個比賽的規模和含金量介紹。

最後發文人總結說：『許摘星，一個時裝界冉冉升起的新星，一個史上最小奪冠的天才設計師，她的名字必將載入我校史冊，掛在我校名人牆上，供我輩瞻仰！』

雙手顫抖拿著手機看著文章的許摘星：「……」

程佑還在興奮地翻留言。

「摘星，留言裡都是誇妳的！還有飛天的截圖，大家都說是仙女裙，超好看！說妳幫我們學校爭光！還有罵宋雅南造謠的，哈哈哈哈太解氣了！」

昨天宋雅南造謠她參加野雞比賽丟人現眼的謠言傳得到處都是，不然程佑也不會上個廁所都能聽到，結果今天來了這麼一齣，謠言不攻自破。

就算看不懂那個比賽的介紹，不知道它在時裝界意味著什麼，但他們有眼睛，會看圖啊。那個叫飛天的裙子，我靠超好看的好嗎！就這裙子，怎麼可能是野雞比賽？

文章後面還貼了那幾個頒獎評委的照片和介紹，全是一長串一聽就很厲害的頭銜。這學校裡富家子弟不少，都是一群穿高奢訂製款的人，哪能不認識評委之一，ＳＶ的創辦者Scarlett。他們現在身上就穿著人家ＳＶ的衣服好不好？

留言到後面，都是聲討宋雅南的了。她在學校向來有點高傲，只跟家裡有錢的同學玩，不少人都看不慣她，現在不落井下石才怪。

程佑興奮地說：「摘星，這次可多虧了周明昱了，他總算幹了件好事！」

許摘星：「……我謝謝他了。」

她其實不想把事情鬧這麼大。雖然她也討厭宋雅南，但畢竟在自己眼中都是一群小朋友，她內心還是不願意自降身分跟小朋友吵的……

頭髮也扯了，架也打了，罰也挨了，這事在她這其實就算結束了。

結果這不讓人省心的周明昱，真是……啊，頭疼。

一下課，班上的同學都圍過來，紛紛問她那件裙子的事，有人還問她能不能帶到學校來，讓他們近距離瞻仰瞻仰。

一直到上課，班導師走進教室，大家才紛紛坐回座位。

班導師應該也是看了那個影片，一進教室就笑著說：「聽說我們班的許摘星同學在國際設計大賽中拿了冠軍，大家為她鼓掌恭喜。」

教室響起熱烈的掌聲，許摘星怪不好意思的。

經此一役，許摘星在學校名氣大增，但凡是有點什麼活動，都會跑來拜託她能不能幫忙化個妝啊，辮個頭髮啊。

宋雅南也沒有再傳過她的謠言，畢竟現在她就算說真話，也沒多少人信了。

許摘星唯一煩惱的是，周明昱又開始追她了。

趕都趕不走，煩都要煩死了。一說自己已經有喜歡的人了，他就說：「那妳把他叫到這來給我看看啊！只要他來了，我立馬放棄！」

許摘星：「……」

見我愛豆，你配嗎？

得，就這麼耗著吧，看誰耗得起。

時間逐漸逼近暑假，許摘星在此期間收到了巴黎主辦方寄回來的合約，「嬋娟」正式於巴黎總部落名，成立品牌。

主辦方的靠山是費老，費老的人脈資金管道遍布世界時裝界，只要他願意，嬋娟就能一舉躍入國際時裝界的視線。

在許摘星給費老看了自己的品牌理念和接下來的設計方向後，費老一錘定音：高奢訂製這塊開始重推嬋娟，要將中式古典風向全世界展現。

嬋娟走得是高奢訂製路線，其中奪冠的飛天已經屬於全球限量，獨此一件了，不少明星都想借這件裙子去走紅毯，許摘星沒有同意，將這件裙子專門給趙津津御用，羨煞一眾女星。

不過她們也不是沒有機會，品牌方很快就宣布，設計師接下來會製作飛天系列的另外幾套作品，分別是抱琵琶、驚鴻、長恨歌，也是全球限量版。

嬋娟的定位和起步如此之高，迅速奠定了它在時裝界的地位。

趙津津的名氣經此一役有了質的提升，不僅成為時尚界的寵兒，不少雜誌都邀請她拍封面，來找她的劇本也終於不再是女三號、女四號，而是妥妥的女一、女二了，光是一個暑假，趙津津就上了三個綜藝，接了四個代言。

許摘星夢想中趙津津像個勤勞的小蜜蜂幫她賺錢的畫面，終於實現了。

於是許父很快拿到了投資許延以後的第一筆分紅。

他最近在房地產項目幹得風生水起，雖然還沒有收益，但政府已經隱隱有重點開發城北的消息透出來，前景一片大好。

拿到這筆不少的分紅，就想繼續投到房地產裡面去。

許摘星問：「爸，你不管星辰了？那可是你幾十年來的心血。」

許父現在還管什麼星辰，他都打算過段時間把公司資產變現，拿著錢跟他幾個朋友去把城西那塊地拿下來。

他說：「管它幹什麼，都要倒閉了。」

許摘星：「……不，我覺得它還可以再搶救一下！」

許父現在早就不把自己這個女兒當做沒心沒肺只知道吃喝玩樂的傻白甜看了。

投資許延拿到了分紅，房地產行業嚐到了甜頭，要深究起來，這些都有許摘星的功勞在裡面。

女兒從小就聰明，考試次次拿第一，別人還在背九九乘法表的時候，她已經會心算。別人開始學應用題的時候，她已經在做奧林匹克數學。

於是女兒在她上高中的時候覺醒了驚人的商業天賦，許父也並沒有覺得哪裡違和，欣然接受了這個逆天設定。

誰叫女兒隨他，優秀呢！

一聽許摘星這麼說，他就知道她必然又有想法了。

他其實也並不想放棄星辰，許摘星說得對，那是他幾十年的心血，是他白手起家一步一步做起來的，現在說放就放，哪裡會甘心。

這不是沒辦法了嗎，去年就開始虧損，今年的專案又全部被新公司搶走了，公司裁員了一批又一批，到現在只剩下幾個老員工還在支撐，前幾天也遞了辭呈。

他是無力回天了，但見許摘星一臉堅定，於是也耐著性子坐下來，問：「那妳說說，怎麼個搶救法？」

許摘星眼珠子一轉：「暑假我想去許延堂哥那裡玩一個月。」

許父：「……辦法都還沒說，就開始談條件了？」

許摘星一副那你又能拿我怎麼辦的表情：「你就說你答不答應，答應了我就幫你搶救辰星。」

許父抬手敲了她一下，佯怒道：「我到底是妳爹還是妳仇家？快說！」

她噘了下嘴，盤腿坐在老爺椅上，想了一下措辭才開口問：「爸，你知道娛樂圈每年要拍多少部電視劇嗎？」

許父說：「我上哪去知道。」

許摘星道：「據不完全統計，一年三百六十五天，每天都有劇組開機。小投資沒水花的那些我們不算，只算有大明星參演，投資百萬的大製作，每年少說也有二十部。而我們就算天天都在家看電視，一年能看幾部？」

這個資料倒是把許父驚到了，神色也變得認真起來。

許摘星繼續道：「這還只是電視劇，不包括電影、綜藝、音樂節目、選秀、新聞，電視臺一共只有那麼多，受歡迎的地方電視臺也就那麼幾個，每年有多少影視劇爭破頭想上，最後能被我們看到的，已經是天選之子了。國內的娛樂行業只會越來越興盛，照這個趨勢發展下去，每年製作方會堆積多少作品無法面世你算過嗎？」

許父眼底的迷霧漸漸散去：「妳的意思是……」

許摘星點點頭：「他們必須，也必定，會去尋找新的面世平臺。而新媒體影視，就是他們唯一的出路。」

許父沉思了一會兒：「妳說的這個我懂，但現在市面上的影視平臺過多，星辰不是沒想過緊跟發展，但衝擊和競爭實在是太大了，很多平臺早就站穩腳跟，我現在才開始發展，太晚了……」

許摘星笑了笑：「一個行業打碎重組重新發展時，必然如雨後春筍遍地開花，但面積和營養是有限的，現在整個影視行業太過混亂激烈，再過幾年，必然會走向寡頭化。」

她緩緩道：「為什麼現在整個行業都是新媒體？因為不需要成本，只要是會做網站的人，他就可以渾水摸魚。打個比方，觀眾想看一部電視劇，在這個平臺可以看，在那個平臺也可以看，一搜劇名，滿網都是，用戶選擇哪個平臺全看心情。但如果，只有這個平臺能看呢？」

許父訝然地看著她，許摘星聳了下肩：「所以追根究底，還是版權的問題。國內現在的版權意識太薄弱了，很多人意識不到，免費商用別人的作品是犯法的。而只有那些意識到版權問題的人，願意花錢去維護版權的人，才能最終在這個行業站穩腳跟。」

她盤腿盤得有點麻了，換了個姿勢，語氣也換輕鬆不少：「除開這個根本原因，平臺發展關鍵就在於新的思考模式了。比如添加其他網站沒有的即時留言、直播、藍光高清畫質。比如除了國產劇，我們可以引進一些在國外熱門的劇，泰劇、韓劇、日劇、動漫、英美劇，把這些版權通通買過來。細化板塊，分門別類，給用戶最好的觀影體驗。再過兩年，國內一有爆紅劇和爆紅綜藝，二話不說先拿下它的網路獨播版權，那時候還愁沒用戶嗎？用戶一旦到手，廣告贊助接踵而至，不就又回到星辰的老本行上了？」

她最後總結道：「等你成長起來後，市面上那些小魚小蝦該吃的吃了，吃不掉的就合併。市場份額一旦穩固，誰還動得了你？」

許父聽她說完，半天沒說話。

許摘星也不慌，抱著水果盤吃水果，等他慢慢消化。

好半天，許父一言難盡地看著她：「妳這個腦袋瓜裡，怎麼能裝這麼多東西的？」

許摘星得意地對他擠了下眼：「那當然，整個宇宙都在我腦子裡。」

許父笑著拍了她一下，眼裡原本熄滅的光，此刻終於重新亮了起來。

他沉思著：「妳說得對，事不宜遲，平臺得趕緊做起來。」

許摘星掏出手機打開一個網頁遞過去，微微一笑深藏功與名：「倒也不用。這家樂娛影視快倒閉了，最近正急於脫手呢，要不然你接過來？」

她早在關注這方面的新聞，這家影視平臺無論是從規模還是技術上來說，都最符合目前星辰的要求。

許父盯著她看了半天，最後問：「妳這次期末考試成績下滑了五名，不會就是因為搞這些吧？」

「哪能呢。」許摘星說：「那是因為我國文作文跑題了。」

許父：「……」

傳媒這塊對於許父而言不像房地產那樣一竅不通，許摘星說得這麼清楚，他要是還不知道該怎麼做，就配不上那一聲「許總」了。

沒兩天，許父就跟樂娛的負責人談好了收購計畫，前往B市簽約。

許摘星搶救了星辰，報酬就是暑假去許延那玩一個月，跟著她爸開開心心坐上了去B市的飛機。

許延也快有一年沒跟許父見過，來機場接了他們後，又安排了食宿。許父要去談收購案，許摘星還是住許延那，第二天就一臉放飛地跟許延去了公司。

幾個月沒來，大小姐的威名也漸漸散了，只有趙津津天天惦記著她，一看到群組訊息說大小姐來公司了，趕完通告撒丫子就往公司趕。

到公司的時候，許摘星坐在許延的辦公室看近幾個月來公司藝人的行程安排，看看有沒有註定會撲街的專案，好提前撤下來。

看了一半，隔著門就聽見趙津津問許延的助理：「大小姐在裡面嗎？我買了飲料給她。」門一打開，許摘星提前做好了擁抱的姿勢，興奮地看著她：「啊，我的搖錢樹來了！」

趙津津：「……」

我在妳眼裡就只是顆樹嗎？

兩人好久沒見，趙津津說：「妳好像長高了一點。」

許摘星說：「妳好像曬黑了一點。」

趙津津叉腰：「不看看我天天跑多少通告上多少綜藝！能不黑嗎？」

許摘星幫她捏捏肩，笑嘻嘻道：「辛苦我們的搖錢樹了。妳不是一直想要我當妳的妝髮師嗎？接下來幾天妳有什麼行程我都跟著妳，把妳化得超漂亮！」

趙津津臉上一喜，轉而想到什麼，又沮喪下來：「最近這半個月的行程都不需要妝髮。」她遺憾地說：「我不是參加了中天搞的那個跳舞的綜藝嗎，他們找上我提的條件就是男搭檔要帶一下他們公司的新人，最近這半個月都要去他們公司練舞。練得一身臭汗，還要什麼妝髮。」

許摘星驚訝道：「我們居然跟中天合作了？」

趙津津清清嗓子，學著許延的語氣：「沒有永遠的敵人，只有永恆共贏的利益，既是他們拋的橄欖枝，自然沒有不接的道理。」

許摘星：「……妳學我哥學得還挺像的。」

趙津津得意道：「那當然，耳濡目染。」

許摘星的小心思開始活躍起來，若無其事問：「練舞的地點在哪啊？我聽說他們有好幾個分部。」

趙津津報出一個地址，正是岑風所在的練習生大樓。想也是，中天只有那裡有足夠寬敞設備齊全的的練舞室。

她的喜色簡直要壓不住了，穩住聲音說：「沒事，不需要妝髮我也陪著妳，幫妳買買水跑跑腿，報答妳這麼努力幫我賺錢！」

趙津津喜上眉梢：「那好！明早我先來接妳，我們一起過去。」

就這麼說定，第二天一早，許摘星把自己收拾得乾乾淨淨，向來素顏朝天的女孩難得描了個眉抹了點淡色唇釉，然後坐在客廳等趙津津來接她。

許延端著早飯出來，掃了她幾眼，突然說：「我建議妳不要讓岑風看到妳跟趙津津在一起。」

許摘星差點一口牛奶噴出來：「誰……誰說我要去找他！」

許延不理她，繼續道：「他對辰星的態度那麼排斥，一旦知道妳也跟辰星有關，可能會懷疑妳之前的接近不懷好意。」

許摘星一愣，倒真是沒想到這一層。

的確是這樣。

她的出現本來就莫名其妙，雖然她的確是抱著把他簽到辰星的目的，可總不能跟他說，那是因為你再在中天待下去會沒命我是專門來拯救你的吧？

從岑風的角度來看，一旦知道她是辰星的人，她之前所有的行為，就都成了帶著心機的別有用心。

許摘星一下子好失落，早飯都不想吃了。

許延一邊幫吐司抹花生醬一邊悠悠道：「別去了，跟我去公司寫作業。」

手機震了兩下，是趙津津傳來的訊息，說車到樓下了，讓她下樓。

許摘星悶了一下，天人交戰，最後自己說服了自己：「不讓他看見我不就行了？」

許延：「……」

她從沙發上跳起來，高高興興地出門了。

只是去練舞，趙津津就只帶了一個助理笑笑，許摘星看了看，把笑笑的帽子拿過來戴在自己頭上，跟趙津津說：「等一下妳就說我也是妳的助理哈。」

趙津津以為她在玩什麼大小姐 cos 小助理扮演遊戲，點頭應了。

到了中天，有負責人來接。現在的趙津津人氣可不比當初，新晉的國民初戀，躥紅的速度比火箭還快，大家見到她都客客氣氣的。

進了熟悉的大樓，許摘星全程不敢抬頭，生怕遇到岑風被當場撞破，好在這個時間練習生都已經在各自的訓練室揮汗如雨了，一路有驚無險來到趙津津排舞的地方，那個跟她搭檔的男新人已經等在裡面。

互相介紹過後，舞蹈老師就開始讓兩人排舞。

排舞的過程到時候綜藝也會剪輯進去，從進這間練舞室機器就開始拍了。許摘星不想入鏡，躲得遠遠的，看了一下四肢不協調的趙津津在那裡扭來扭去，甚是無聊，想了想，從後門溜了出去。

剛才過來的時候走廊上夾雜著音樂，負責人介紹說這一層樓有練習生在訓練。

她輕手輕腳穿過走廊，小心翼翼透過玻璃窗往裡面看。

岑風在走廊盡頭的那間訓練室。

許摘星找到他的時候，他側身站在外側窗邊，穿著黑色背心，手裡拎著一瓶礦泉水，脖頸手臂上都是汗。

神色卻冷漠，望著窗外熾熱陽光，睫毛輕微地顫。

許摘星的心臟開始狂跳。

這一次，他終於沒有越來越瘦，看上去長了點肉肉。不過也可能是穿的少，露出肩膀手臂的緣故，那些勻稱的肌肉線條令他整個人A氣十足。

通俗點來說，就是要她的命。

許摘星覺得自己要趕緊走，死在這裡不划算。

知道人在哪間訓練室就好，就可以偷偷送溫暖了。

正轉身要走，聽到裡面老師說：「岑風，你再把剛才的舞跳一遍。」老師提高聲音，「都看看岑風的動作！你們每一個拍子都找不準！」

許摘星：！

我的老天鵝啊，絕版練習室單人舞蹈，不看簡直愧為人。

第十章　不准亂想

岑風將視線從窗外收回來。

明明大家都很熱，明明所有人都是一副大汗淋漓氣喘吁吁的狼狽模樣，可這樣的模樣落在他身上，偏偏就透出幾分不同於他人的桀驁來。

他的性格雖然古怪，但對於曾經教過他的老師依舊保留了尊重，聽到老師喊他，俯身放下手中的礦泉水瓶，走了過去。

許摘星把自己偷偷往旁邊藏了藏。

但岑風沒往她這頭看，走到牆鏡前，等老師重放音樂，就開始單人Solo。

許摘星眨眼都不捨得，定定地看著那個好像在發光的身影。

以前追他活動的時候也是這樣，周圍總有很多粉絲拍照錄影，可她從來不。他在舞臺上的每一分每一秒，都是獨一無二，錯過即逝的。她要用眼睛記下這一切，然後永遠保存於她的大腦。

影片什麼時候不能看！現場才是最重要的！

嗚嗚嗚如果這段練習室solo能拍下來的話，一定會成為今後哥哥的十佳現場之一吧。

臺風怎麼可以這麼好，隨隨便便就把平凡的練習室變成了舞臺。

再想想今後他的站位永遠都在舞臺邊緣，中天是瞎了嗎！放著這樣一個舞臺王者不捧，非讓他硬凹溫柔小王子人設？

兩分鐘的solo很快結束，許摘星感覺只是一晃神的時間，瞬間就沒了。岑風已經走回窗邊，拎起礦水泉喝了一口。

老師拍拍手，集中練習生的注意力：「都看清岑風怎麼跳的了吧？整個的連貫性，節奏感，包括這段舞的風格，他是掌握得最準確的！來，再來一遍！」

被老師這樣誇獎，他的神色也沒什麼變化，喝完水靠著牆往地上一坐，把手邊的帽子拿起來蓋在臉上，抄著手開始打瞌睡。

練習室又開始新一輪的努力。

許摘星慢慢後退，走回了趙津津排舞的教室。

臨近中午，天氣越來越熱，雖然排練室裡開了空調，但一直在動著，擋不住汗水直流口乾舌燥。趙津津練完一連串高難度動作癱坐在地，連連擺手：「不行了不行了，讓我休息一下，啊，好想喝冰可樂。」

她只是過過嘴癮，現在越來越紅，對自身的要求也就越來越高，根本不用經紀人監督，自己就把可樂戒了。

跟她搭檔的新人為了討她好感，笑著接話說：「我請妳喝。」

他從擱在地上的包裡拿出一張一百的，朝許摘星伸手：「小妹妹，去買幾瓶冰可樂上來。」

他把許摘星當助理了，趙津津那暴脾氣，頓時不滿道：「你使喚誰呢？」

男新人手還伸著，伸也不是縮也不是，一時之間十分尷尬。許摘星趕緊跑過去接過錢，朝男新人友善地笑了笑：「沒關係，我去買。兩位老師也喝可樂嗎？」

她問的是攝影老師和舞蹈老師。

兩人說都可以。

趙津津爬起來拉住她，喊笑笑：「笑笑，妳去。」

外面跟個蒸籠似的，哪能讓大小姐跑腿。

笑笑還在攝影老師那檢查重播，看有沒有趙津津角度不好看的畫面被拍下來，應了一聲就要過來，許摘星說：「沒事妳忙妳的，我去買就行。」

趙津津還想說什麼，被許摘星瞪了一眼，默默坐回去了。

許摘星坐電梯下了一樓，走出大門，外面陽光正烈。旁邊就有家便利商店，但她沒過去，而是跑過對街，又頂著太陽走了一段路，去了街頭的那家冷飲店。

推門進去，店內的空調驅散了渾身悶熱，老闆笑著道：「歡迎光臨，喝點什麼？」

許摘星走過去說：「大杯金桔檸檬乳酸菌，加冰，十分糖。」

老闆問：「一杯嗎？」

許摘星說：「九杯。」

九大杯冷飲還是有些重量，老闆製作好遞過來的時候都擔心地問：「妳提得了嗎？要不要叫人來幫妳。」

許摘星全部接過來：「可以的，謝謝老闆。」

出了店門，熱氣再次撲湧而上，她加快步伐，走到公司樓下的便利商店時，進去買了幾瓶可樂。這下重量更重，勒得她的手指都瘀青了。

上電梯的時候騰不出手，保全還來幫她按樓層。

許摘星道了謝，走到排舞教室外面時，裡面趙津津和男搭檔已經又跳上了。她站在門外喊：「笑笑，出來一下。」

笑笑應了一聲趕緊跑出來，一見她手上的東西都驚了：「大小姐，妳怎麼買了這麼多啊？」

許摘星把袋子全都放在地上，又把那九杯冷飲單獨拎出來交給笑笑，低聲吩咐她：「妳把這個送到走廊盡頭的那間訓練室去，裡面的人一人一杯。他們如果問是誰送的，妳就說是公司的意思，其餘的什麼都別說，送到了就出來，記住了嗎？」

笑笑雖然不知道她為什麼要這麼做，但還是點點頭，提著冷飲走了過去。

敲門的時候，裡面一群朝氣蓬勃的男生正橫七豎八坐在地上休息，看見有人進來，都好奇地看過去。

笑笑有些不好意思，畢竟這是在別人的公司，她也是第一次來，誰都不認識。但大小姐的交代還是要完成，她將冷飲放在地上，跟走過來的舞蹈老師說：「這是送你們的冷飲。」

大家正熱得不行，看見有人送冷飲，都很高興，舞蹈老師問：「誰送的啊？」

笑笑謹記許摘星的交代，說了句「是公司的意思」，說完就跑了。

幾個練習生已經高興地跑過來一人一杯把冷飲分了，連舞蹈老師都有份。最後還剩下一杯，老師看向靠在牆角罩著帽子睡覺的岑風，提過去放在他身邊。

冷飲一入口，在這炎炎夏日簡直就是極樂享受，其中有人說了句：「哇，好甜啊！這也太甜了吧！」

「有得喝就不錯了，公司什麼時候對我們這麼好過。」

「剛才那個姐姐是公司新來的員工嗎？我以前沒見過。」

「我也不認識，應該是新來的吧。」

一天訓練結束，練習生們都三三兩兩結伴同行，岑風等人走完了，才拿掉臉上的帽子，慢騰騰站了起來。

沒注意踢倒了旁邊已經融化的飲料。

他盯著冷飲皺了下眉，不知道是誰放在這的，俯身將杯子扶正放好，然後走了出去。

第二天到訓練室的時候，那杯飲料還在。

有人問了句：「誰的飲料沒喝啊？」

另一邊壓低聲音說：「岑風那杯吧，算了算了，隔夜也沒辦法喝了，拿去扔了。」

新的一天在窗外驕陽蟬鳴中又開始了。

讓這群練習生沒想到的是，中午的時候，昨天那個姐姐又提了九杯冷飲過來。今天換成了草莓可可冰，雖然依舊很甜。

這下連舞蹈老師都驚訝了：「我們公司什麼時候有這種待遇了？」

練習生們倒是不管這些，送了就喝，樂得高興。

笑笑每次來都說是公司的意思，大家就一直以為是公司安排的。直到練習生方文樂出去打聽了一轉，回來的時候興奮得眼睛都在冒光：「我問了！其他訓練室都沒這待遇，只有我們有！」

區別對待可就不一樣了。

可他們這個訓練室，有什麼值得公司區別對待的？大家百思不得其解，接連喝了好幾天免費冷飲，笑笑的身分才被發現。

「我靠，那個姐姐是趙津津的助理！」

一群人都圍過來：「哪個趙津津？」

「還能是哪個趙津津！國民初戀啊！她最近不是在我們公司排舞嗎，跟安哥搭檔上一個舞蹈綜藝，就在電梯口那個訓練室。」

這下所有人都傻眼了：「趙津津送的？趙津津為什麼要送我們飲料喝？」

大家面面相覷一番，一個可怕的念頭浮上來。

她不會是看上他們中的哪一個了吧？

現在的女明星，這麼奔放的嗎？

不過想想，趙津津人長得好看，年齡也不大，正當紅，要是真的能被她看上……好像也還不錯的樣子？

一群人正八卦得興奮無比，旁邊突然插進一道冷冰冰的聲音：「她是哪個公司的？」

所有人一愣，齊刷刷回頭。

萬年不跟他們說一句話的岑風居然主動跟他們搭話了！

其中以前跟他關係不錯的一個練習生立刻道：「好像是辰星的。」

岑風的眼神冷了下來。

中午時分，九杯冷飲又照常送到。

來的時候練習生們在跳舞，笑笑放在門口就走了。一直靠牆坐在地上的岑風站起身，穿過訓練室，在一眾練習生目瞪口呆的神情中，拎起九杯冷飲走了出去。

笑笑自以為完成了任務，高高興興地走回來，絲毫沒發現岑風拎著飲料跟了上來。

許摘星還在門口翹首以盼，先是看到笑笑，還沒來得及開口，下一秒就看見了神色冰冷的岑風。

嚇得她猛地往後一縮，躲到了轉角的牆後面去了。

笑笑走到門口，正要推門進去，身後傳來一道沒有溫度的聲音：「叫趙津津出來。」

她一臉驚恐地回頭，說話都結巴了：「你……你是誰？」

岑風皺眉，滿眼不耐：「叫她出來。」

岑風身上那種壓迫性的氣質，沒幾個人受得住。笑笑很快屈服在他的寒意之下，哆哆嗦嗦把門推開一道縫，朝裡喊道：「津津姐，妳可以出來一下嗎？」

趙津津正呈大字躺在地上休息，聽見笑笑喊她，怪不開心道：「有什麼事妳進來說啊，我好累。」

笑笑都快哭了：「妳出來一下吧，有人找妳。」

趙津津怪不情願地爬起來，邊走邊問：「誰找我啊？」

走到門口，抬頭一看，對上那道冰霜般的視線，愣住了。

岑風抬手就把九杯冷飲扔到了她懷裡，面無表情道：「回去告訴你們許總，別再耍這些小聰明。」

趙津津：？

一牆之隔瑟瑟發抖躲在旁邊的許摘星：「……」

完蛋，要翻車。

趙津津一臉茫然地看向後邊的笑笑。

笑笑一副生無可戀的表情，見她看過來，用誇張的口型說了三個字：大小姐。

電光石火之間，趙津津智商上線，居然明白了！

我靠，大小姐也太強了，時時刻刻心念辰星，就這麼幾天的時間，居然在中天默默撬起了牆角！

再一看眼前的少年，無論樣貌還是氣質在用顏值行走的娛樂圈都是拔尖的，起碼在她的印象中，現在還沒哪個男明星，有這種冷酷到不近人情的獨特氣質。

這樣的人物，放出去妥妥迷倒一眾小妹妹好不好？

中天也太會藏人了。不不不，是大小姐也太會挑了！

可這少年來者不善，「許總」兩個字從他嘴裡說出來，充滿了排斥的厭惡。趙津津心疼地想，沒想到大小姐人生第一次當許總，居然遭遇了滑鐵盧，也太慘了。

她頓覺身上的使命變得重了起來，一收剛才的懶散，認真又友好地說：「我們許總沒有別的意思。只是天太熱了，你們訓練辛苦，喝點冷飲解暑。許總對我們員工一直都很好，希望你不要誤會她。」

沒想到少年聽完，只回了她三個字：「沒必要。」

他的眼神冷漠，語氣也不好，「不要再送東西過來。」

說完，轉身就走。

作為大小姐忠實的擁護者，趙津津哪能見大小姐付出的真心遭受這樣毫無人性的對待？脾氣一上來，當即就想嗆他。

許摘星從旁邊的轉角竄出來，衝進門裡捂住了她的嘴。

趙津津：「……」

她懷裡抱著幾杯冷飲，腳下摔著幾杯冷飲，氣憤地唔唔兩聲，許摘星低聲說：「不准罵他！」

趙津津點點頭，許摘星這才鬆開手，蹲下去把冷飲撿了起來。笑笑也趕緊跟著一起撿，心有餘悸地說：「媽呀，嚇死我了。」

趙津津還是氣不過，小聲嘀咕：「什麼人啊，仗著自己長得好看就這麼跩。就算討厭辰星也沒必要這麼不給面子啊，我還不是討厭中天！我說什麼了嗎？還不是忍辱負重在這練舞！」

許摘星：「……」

她把趙津津懷裡的冷飲拿過來，問：「什麼討厭辰星？妳怎麼知道他討厭辰星？」

趙津津一副「妳不是吧」的表情，頓了頓才說：「這不是雙方默認的事嗎？妳回公司問問，哪個員工藝人不討厭中天？同理可得，中天的人難道會喜歡辰星嗎？」

說得好像也是……

可許摘星總覺得，岑風排斥辰星，不是因為這個原因。

可一時間，她又想不出更好的理由，只能鬱悶地接受了。

趙津津鼓勵她：「大小姐，這塊硬骨頭啃不動就換一塊，我聽說中天的練習生有很多，都長得很帥。妳下次換個耳根子軟的，一定可以的。不要氣餒啊，加油！爭取在撬牆角的路上越走越順！」

許摘星悶悶說：「除了他，誰都不行。」

趙津津露出為難的表情。

好吧，她承認，是很帥啦。

想了想又說：「妳要是實在想簽他，就讓許總去找中天的老闆要人唄。反正只是一個練習生，許總出面的話，中天應該還是會賣這個面子的，大不了資源互換嘛，給中天一點甜頭。」

許摘星斬釘截鐵：「不行！」

把愛豆當成什麼了？貨物買賣嗎？他既然屢次拒絕辰星，執意留在中天，那她會尊重他的想法，絕不會逼他做他不願意的事。

趙津津急了：「這也不行那也不行，那妳到底想怎麼樣嘛！」

許摘星嘆了聲氣，擺擺手沒說話，把冷飲拎進去，送給裡面的幾個老師和男搭檔了。趙津津也拿了一杯，插上吸管剛喝了一口，差點吐出來：「這也太甜了吧！啊啊啊笑笑，快拿走快拿走。」

因為這一口十分糖的飲料，她都不休息了，拖著男搭檔又開始練舞，爭取在最快時間內把這一口的熱量消耗掉。

岑風來了這麼一下，免費喝了好幾天冷飲的練習生們哪能不知道。

這一天訓練快結束的時候，練習生之中就傳遍了。

原來趙津津天天買飲料，是奉辰星老總之命，為了把岑風挖到辰星去。

雖然岑風毫不留情地拒絕了，但大家一談到這件事，都滿嫉妒的。那可是辰星耶！雖然比不上中天規模大資歷老，可短短一年時間，辰星投什麼紅什麼，捧誰紅誰。

趙津津不就是活生生的例子？一年前的趙津津還在影視城跑龍套，現在都已經是國民初戀了。

對於練習生而言，出道遙不可期，僧多肉少，為了一個出道位拚死拚活都不一定能選上。辰星可沒有練習生制度，一旦過去了，必然就是以藝人的身分直接出道。

可岑風居然拒絕了？

他的腦子是不是真的有病？

這件事在練習生中掀起了一場小小的風波。

大家都有小心思，既然岑風能被看上，憑什麼自己不能？雖然舞跳得沒他好，歌唱得沒他好，人長得也沒他帥……

算了，還是好好訓練吧。

第二天，練習生主管牛濤就憑藉幾個心腹知道了這件事。

他倒是不意外。以岑風的條件，被看上也正常，在岑風自暴自棄之前，自己不也是挺看好他的嗎？

不過岑風會拒絕他倒是蠻驚訝的，看來這小子心真不在娛樂圈了，是真的不想出道啊。

這可難辦了。

他要是不想出道，他拿什麼誘惑他？他誘惑不了他，怎麼把人送到馬哥的床上去？

馬哥可是點了名只要岑風的。

牛濤為難了一上午，中午吃過飯，讓助理把岑風叫到自己辦公室。

這次可比上次態度好得多，岑風進來的時候，茶都泡好了。牛濤笑意盈盈坐在沙發上，「來啦，來來，坐這裡，喜歡喝紅茶嗎？」

岑風皺了下眉，站在原地不動。

他的防備心太強，越是突然的友好和笑容，越會讓他排斥和戒備。

牛濤看他依舊冷冰冰的態度，在心裡罵了句髒話，清清嗓子站起身來，背著手問：「聽說辰星的人找你了？」

他不鹹不淡地嗯了一聲。

牛濤笑著說：「你拒絕了他們是好事。就辰星那個小作坊，將來能有什麼作為？還想從我們這挖人，也不掂量掂量自己幾斤幾兩。中天能給你的，他們給得起嗎？」

眼見岑風神色越來越不耐煩，趕緊進入正題，親切道：「公司新來的藝人主管，馬總，你知道吧？」

話剛落，就見岑風眼神瞬間冷了下來，降至冰點。

他平時冷冰冰的氣質已經很具壓迫性了，此刻氣場驟然全開，陰鬱的臉色像暴風雨來臨前低嘯滾騰的海面，海底已經起了滔天巨浪。

牛濤被他這突如而來的暴戾嚇了一跳，不由自主吞了下口水，甚至因為趨利避害的本能下意識後退了幾步，拉開和他的安全距離，才穩住心神繼續道：「馬總很好看你，覺得你是所有練習生裡面最有出道資格的一個。他針對你的情況專門做了一份藝人規劃，你看你什麼時候有時間，他想見見你。」

說完，看見岑風突然笑了一下。

這一笑，簡直比他不笑還可怕。

牛濤想起來小時候看過的驚悚片，裡面的變態殺手給他的就是這種感覺！

他忍不住顫聲問：「你笑什麼？」

岑風微微抬眸，冷漠的瞳孔映著白熾燈光，泛起冰冷的寒意。他的唇角還勾著，聲音卻放得低，甚至帶了絲啞，一字一頓說：「他不怕死的話，儘管讓他來找我。」

那一刻牛濤確定，他是真的想殺人。

他一屁股跌回沙發上，動了動唇想說什麼，但最終只是飛快地揮了下手，讓他走的意思。

岑風收回視線，上翹的唇角也回歸了原位，轉身若無其事走了出去。

牛濤在沙發上癱了好久才緩過來，大熱天的，他居然出了一身冷汗。想到剛才岑風的表現，真是又懼又怒，他走回辦公桌前，打電話給助理：「把所有練習生的資料和照片送一份過來，要快！」

岑風太可怕了，惹不起惹不起。

換一個換一個。他就不信了，一百多個練習生，他會找不出第二個岑風！

希望馬哥的口味沒那麼挑吧。

有了昨天的事，許摘星現在是什麼都不敢送了，老老實實待在房間看趙津津跳舞。但是因為辰星挖人的傳言已經傳開，那些懷著小心思的練習生坐不住了。

開始頻繁往這頭來，上個廁所接個熱水什麼，企圖在趙津津眼前刷存在感，看能不能走運被看中。

許摘星還疑惑怎麼排練室外面的人突然多起來了，不過她還在鬱悶岑風討厭辰星的事，腦子轉不動，也懶得去想，懶懶地爬起來去上廁所。

走到轉角的時候，有個人影正從樓上下來。

許摘星垂著腦袋，餘光瞄到了半寸。就那麼半寸，直接嚇得魂飛魄散，掉頭就往回跑，差點一頭撞在牆上。

那人及時道：「欸！小心！」

許摘星逃跑的動作一頓，飛快回過頭去。

不是岑風。

我的媽呀，嚇死寶寶了。

她心有餘悸地抬頭，待看見對方的臉時，一時愣住了。

是S-Star的隊長兼C位，尹暢。

追岑風少不了就要追團，畢竟他的個人資源太虐，大多數活動都是跟團。尹暢作為C位，當然是每一次的重心，無論是人氣還是資源都是團內最好的一個。

她對尹暢沒什麼感覺，不討厭也不喜歡。尹暢性格酷酷的，不愛笑，雖然在她看來，他舞跳得沒岑風好，但是他的穿著妝髮更符合追星少女的審美，身材管理得好，穿背心露腹肌，一身攻氣，大家都喜歡他。

後來岑風過世，尹暢發長文悼念，大家都說隊長雖然年齡小，但是對隊內的每一個哥哥、弟弟都很照顧，反而像是最年長的一個。

現在的尹暢，還顯得稚嫩。

可讓她震驚的是，他穿著打扮怎麼那麼像現在的岑風？

像到她剛才差點認錯了。

雖然現在站近了仔細看，還是有差別，但剛才就餘光那麼一瞄，無論氣質還是衣服、褲子、鞋子，都給了她一種是岑風走過來的錯覺。

許摘星心裡隱隱有點不舒服，但是又不知道原因，只聽尹暢微笑著問她：「妳沒事吧？」

他一開口，聲音嫩又青澀，許摘星總算知道為什麼不舒服了。

岑風那種冷漠到近乎冷酷的氣質，放在他身上時，有一種非常不協調的感覺。

就像小孩偷穿了大人的衣服，有點畫虎不成反類犬的意思。

許摘星回想當年的尹暢，再看看眼前的尹暢，腦子裡砰一下，一個不可置信的念頭蹦了出來。

這個人，不會是在模仿岑風吧？

尹暢微笑著看著對面目含打量的女孩。

他知道她是趙津津身邊的小助理，而且跟趙津津關係很好，好幾次他從窗戶往下看，看到她跟趙津津手挽著手，有時候趙津津還幫她撐傘遮陽。

有哪個明星能跟助理關係這麼好？他心底其實有些懷疑這個女孩的身分。

那些愚蠢的練習生一個二個都往趙津津身邊湊，也不想想見多了娛樂圈男明星的趙津津怎麼可能給他們一個眼神。

倒不如，從她身邊的人下手，比如這個身分存疑的女孩。

他已經在樓梯間裡等了很久，看到許摘星出來，才故意從樓梯走下來。

辰星不是喜歡岑風那型嗎，他這幾個月來一直在默默改變穿著，轉換氣質，甚至偷偷觀察岑風，模仿他的神態甚至一舉一動。

雖然和本尊還是有些差距，但同一個類型，能看上岑風，為什麼就不能看上他呢？

見許摘星上上下下打量他，心裡隱隱有些高興，知道這步棋是走對了，笑容愈發溫和，柔聲道：「小妹妹，妳沒事吧？沒撞到吧？」

許摘星瞬間起了一身雞皮疙瘩。

他的穿搭是很岑風沒錯，可現在的他還是太年輕了，精髓沒學到位，眼神更是毫無氣度可言，配上他秀致的五官，反倒透著一股陰柔。

她見慣了後世冷酷野性的尹暢，酷蓋突然成了陰柔少年，任誰都接受不了。

許摘星趕緊說：「我沒事！」

說完，頭也不回從他身邊跑走了。

尹暢看了看她的背影，自信滿滿回去訓練室。

許摘星跑進廁所腳步才慢下來，滿腦子都是剛才全身不協調的尹暢。

怎麼回事？怎麼差別這麼大？

按照時間來算，距離 S-Star 出道只有一年多了，尹暢出現在大眾視線中時就是那副冷冷酷酷攻氣十足的模樣，再加上公司發的通告以及團綜，大家都以為他本身就是那樣的性格，吸粉無數。

現在明明就是個陰柔小嫩雞！

再想想岑風，明明是真正的酷蓋，出道時居然是溫柔愛笑小王子的人設，穿得又多，站位又偏，存在感低得要死。

他媽的，難道這兩個人是人設對調了？

尹暢搶了岑風的人設？

所以公司才逼岑風掩去他本來的性格，逼他走跟尹暢完全不同的兩種路線？

不然以岑風的真實模樣，氣場全開時，還有尹暢這個盜版山寨貨什麼事？

捋清這層關係，許摘星頓時氣得肺都要炸了。

上一世岑風自殺後，爆料又多又雜，除了那些擺在明面上的，比如他受到打壓、資源被瓜分、殺人犯生父出獄後大鬧公司可以確定為真，其他小道消息都不準。

比如岑風的小手指到底是被誰踩斷的，直到她死也沒弄清楚。

那時候她懷疑過團內的每一個成員，除了尹暢。

因為尹暢跟岑風路線完全不同，沒有資源衝突，而且很有個性，酷蓋人設用得飛起。這樣的人性格討喜，怎麼看都不像是背地裡下黑手的陰險小人。

可現在看來，似乎完全有可能？

許摘星深吸兩口氣，提醒自己要冷靜。

不要輕易用惡意去揣測不熟悉的人是她一貫的處事作風。在沒找到確切證據前，不能誤傷，冷靜。

她平復好心情，從廁所走出來，站在洗手檯邊洗手。

洗手間門口走進來兩個練習生，一邊聊天一邊向男廁所那邊走去。

其中一個問：「尹暢怎麼上了個廁所回來就笑得那麼開心了？在廁所撿到錢了？」

另一個撇嘴：「誰知道，我感覺他自從上次被岑風打過之後就變得奇奇怪怪的了，你發現了嗎？」

「他不會以為模仿岑風岑風就不會揍他了吧？真是搞不懂他在想什麼。」

許摘星沖水的手指猛地頓住了。

我靠，岑風打過尹暢？

就哥哥那個性格，會主動揍人，對方一定是做了很過分的事激怒了他！

尹暢該死實錘！

許摘星牙齒緊咬，緩緩抬頭，看著鏡中的自己。

我說過，重來一次，那些傷害過你的人，我一個也不會放過。

不管尹暢是不是後來踩斷哥哥手指的人，他這個人，不能留了。

許・鈕祜祿・星如是想。

沉默著回到排舞室，趙津津一看她的臉色，關心地問：「大小姐，妳便祕了嗎？要不要吃根香蕉？」

許摘星：「……沒空理妳。」

不要打擾我構思復仇計畫。

尹暢在許摘星面前刷了一波存在感，心情大好，於是接下來的兩天，他每天都會找機會跟許摘星偶遇，以便讓她記住自己。

許摘星現在一看到他就恨得牙癢癢，生怕自己忍不住衝上去撕碎了他，每次都低著頭匆匆跑走，尹暢還以為她是在害羞。

就這樣過了兩天，中午休息的時候，尹暢正準備上樓去蹲許摘星，後面突然有人喊他：「欸，岑風，你等一下……」

尹暢回過頭，牛濤拿著文件站在後面。

一看到他人，愣了愣：「是你啊，我還以為是岑風呢。」

尹暢笑笑：「牛哥，是我。」

牛濤點了下頭，拿著文件正在上樓去，走了兩步腳步頓住了，猛地回過身來，又將他從頭打腳打量了一遍，眼裡溢出喜色。

他趕緊走過來，親切道：「小暢，最近訓練的怎麼樣？」

尹暢說：「挺好的。」

牛濤伸手捏了下他手臂上的肌肉，滿意地點頭：「是不錯，身材比以前結實多了。來來來，跟我去趟辦公室，我剛好找你談點事。」

尹暢點頭跟上。

到了牛濤的辦公室，他關上門，先是問了幾句尹暢訓練的情況，才笑吟吟道：「小暢，公司明年就要準備選出道位了，你知道吧？」

尹暢頓時緊張起來。

牛濤現在跟他說這個，不會是公司看好他，先讓牛濤給他透透口風吧？

他眼底一喜，這喜色還沒蔓延開來，就聽到牛濤繼續說：「負責你們練習生出道的藝人主管馬總很看好你，他為你量身定做了一份藝人規劃，你如果有出道意願的話，找個時間去見見他，怎麼樣？」

尹暢神情一僵。

如果不是上次偷聽到馬總的談話，他現在可能會真的以為，對方是看好他的實力。

可牛濤這話說得再明顯不過。

如果你有出道意願，就去見見他。

想出道，就去見他。

怎麼會這樣？馬總看中的不是岑風嗎？

岑風……

尹暢低頭看了自己的穿著打扮一眼，再聯想到剛才牛濤錯將他認成了岑風，頓時反應過來了。

他一定已經找過岑風，被岑風拒絕，才會重新找上跟岑風相似的自己。

岑風竟然真的拒絕了？

他怎麼會……

不過他連辰星都會拒絕，會拒絕這種事，也在意料之中。自己現在怎麼辦？也拒絕嗎？可拒絕的話，會得罪牛濤和馬總嗎？一旦拒絕，是不是就永遠出不了道了？

百裡挑一的出道位……名利、掌聲、鮮花……

如果有捷徑走的話，為什麼還要努力呢？何況努力也不一定能成功。

不就是……這個圈子，誰又比誰乾淨！

付出和回報是對等的，他想要的那些，努力給不了他。

牛濤看著眼前的少年臉色變換，倒也不急，笑吟吟等他的回答。過了好一陣子，聽到他語氣輕鬆說：「行，我隨時都有時間。」

牛濤露出了滿意的笑容，又交代他幾句，讓他下去了。

一旦做通自己的思想工作，想到出道已經板上釘釘的事，好像也沒那麼難以接受。

尹暢內心湧上一股難以名狀的興奮和扭曲的痛快感。從樓上下來的時候，又遇到許摘星。

這次他倒是沒再故意刷存在感，畢竟刷了這麼多天都沒反應，現在又有了新的機遇，他已經把心思收回來了。

許摘星見他眼神隱隱興奮，唇角笑意若有若無，配上陰柔的五官，就好像憋了一肚子壞水打算往外倒了，頓時有點慌。

這個壞蛋不會又打算對哥哥做什麼吧？

她現在猶如驚弓之鳥，一想到岑風身邊有這麼個定時炸彈，焦慮得都失眠了。

怎麼辦？怎麼才能用最快的速度把哥哥從這個火坑救出來？

真的要違背他的意願把他簽到辰星來嗎？

可她最大的心願就是希望他健健康康開開心心啊，這樣做的話，他一定不會開心……

許摘星急得揪頭髮。

上次被宋雅南扯頭髮的後遺症還沒過，頭皮一疼刺得她一個激靈。不知道是不是這一激靈起了作用，她突然茅塞頓開。

不能把哥哥從火坑裡救出來，就把那個定時炸彈弄走啊！

尹暢現在還沒成氣候，她拿岑風沒辦法，拿他還沒辦法嗎？他這幾天頻繁跟自己「偶遇」，真當自己沒看出他是故意的？

既然你想來辰星，那就如你所願。

到了我手裡，生死還不是任我拿捏？

許摘星拿定主意，立即付諸行動。

尹暢沒想到餡餅一個接一個地往下掉，剛鎖死出道位，原以為沒機會的辰星又拋出了橄欖枝。

在中天被潛上位和去辰星立即出道，傻子也知道選什麼。

他雖然願意接受潛規則，但不代表真的想被潛。現在有這個機會，當然是想也不想就同意了。

許摘星已經跟許延通過氣，安排好一切，第二天，許延的助理就帶著簽約文件過來了。

許摘星擔心上次在夜市跟岑風起衝突的胖子從中作梗，直接跳過他，讓許延聯絡總公司的高管。

中天現在正在跟辰星破冰，接下來會資源互換，聽說辰星想要一個練習生，去查了查尹暢的資料，發現他在旗下練習生中並不出眾，並不是什麼不可多得的人才，爽快地同意了。

牛濤知道這件事的時候，尹暢解約合約和簽約合約都已經簽完了。

還一臉笑意跟他說：「牛哥，真是對不住了，你另外找人吧。」

差點沒把牛濤氣死。

尹暢簽約辰星的事很快人盡皆知。

所有練習生都是一臉不可思議。

我靠？憑什麼啊？看中岑風我們認，尹暢有什麼值得你們簽的啊？

就因為他模仿岑風？

你們早說啊！模仿誰不會啊！

一時之間羨慕嫉妒恨都有。

尹暢得意得快要上天了，但面上還是客客氣氣，一一跟練習生們告別。輪到岑風的時候，他還是老樣子，臉上罩著帽子靠著牆在睡覺。

尹暢現在看他都沒那麼怨恨了，在他身邊蹲下來，遺憾地說：「哥，我要去辰星了，以後你自己照顧好自己啊。」

岑風沒有動，只是小拇指顫了一下。

尹暢當然發現了這個細節，愈發得意，又假模假樣地交代了幾句，在一眾練習生羨慕的眼神中走了出去。

訓練室議論紛紛。

岑風緩緩取下了臉上的帽子，皺眉看向門口。

重生以來，一切都在按照以前的既定軌道發展。尹暢的模仿，姓馬的出現，都跟前世一模一樣。

接下來就會是尹暢取代他入了姓馬的眼，模仿著他的人設出道，一路好資源。而他憑藉過硬的實力在姓馬的打壓下依舊拿下出道位，卻不得不避開尹暢的人設，改走溫柔路線。

尹暢跑來他面前哭兩句，流兩滴淚，他就真的以為他是被逼無奈，不爭不搶地讓出了自己的人設。

可現在軌道改變了。

中途殺出辰星，挖走了尹暢。

為什麼會這樣？

尹暢離開中天，意味著今後很多事都不會發生。

不過，也跟他沒關係了。

岑風收回目光，再次閉上了眼。

中天樓下，尹暢拿著已經簽好的合約，興奮地跟著許延的助理上了辰星的車。他本來以為許總會親自來接自己，結果許總不僅沒來，他還被拉到了比中天練習生分部還偏的郊區。

他可是知道辰星的大樓在市中心！

他趕緊問助理：「不去公司嗎？」

助理說：「要啊，這不是正在去嗎，馬上到了。」

尹暢急了：「公司怎麼可能在這？」

助理看了他一眼，慢悠悠說：「練習生分部當然在這了。」

尹暢眼睛瞪大了，不可置信道：「什麼練習生分部？我為什麼要去練習生分部？」

助理指了一下他手上的合約：「你簽的是以練習生身分出道，不去練習生分部去哪？」

尹暢突然覺得不妙。

他本身就是中天的練習生，看到合約上寫著以練習生身分出道，也沒覺得哪裡不對。現在聽助理這意思……

他提著一口氣問：「你們……我們公司，不是沒有練習生制度嗎？」

助理朝他粲然一笑：「現在有了。」

尹暢：？？？

那他現在是在做什麼？

只是換了個地方當練習生？

練習生制度其實一直在許摘星和許延商討的計畫中，之前本來打算過兩年等公司在圈內站穩腳跟再啟動，但趙津津的躥紅速度令人意外，辰星在圈內的名氣和地位隨著趙津津的人氣一起上漲，從中天願意跟辰星破冰就能看出來。

上個月許延已經跟公司主管確定了練習生計畫的啟動，該安排的人手、該負責的高管、該訓練的老師、該策劃的部門都已就位，星探已經開始在各大高校甚至大街小巷尋找目標了。

尹暢還算特別的，畢竟是公司簽的第一個練習生。

看著空蕩蕩的宿舍和冷清清的大樓，尹暢嘔出的血只能咽回肚子裡。剛來辰星，命運拽在人家手裡，再怎麼後悔憤恨也只能忍著，問助理：「只有我一個人嗎？」

助理：「這麼大的房子你一個人住，開不開心？」

尹暢：「……」

開心你妹啊！你們辰星的人都這麼不要臉的嗎！

助理嚴肅地拍拍他的肩：「好好享受一個人的生活吧，過不了多久就會有其他練習生住進來了。」

尹暢真是腸子都悔青了。

好不容易在中天熬了三年，眼見著明年就要選出道位，現在直接一朝回到解放前，又他媽要重頭開始。

只能安慰自己，辰星既然願意簽他，說明還是認可自己的實力。或許過不了多久，等其他練習生來了，就會組合組合讓他們出道了。

那些新來的小菜雞肯定比不上自己，他拿下C位應該沒問題。

這麼一想，心裡稍微好受了些，安心地在空蕩蕩的宿舍住了下來。

尹暢去了辰星沒幾天，辰星開啟練習生計畫的消息就在圈內傳開了，有些沒有名氣還在打拚的小新人聽聞這個消息後都躍躍欲試。

辰星現在在圈內勢頭很猛，除去一個國民初戀趙津津外，公司的其他藝人資源也很好，演什麼紅什麼，唱什麼紅什麼。許延在酒吧簽來的駐唱歌手時臨還憑藉一首〈餘生〉一舉拿下最佳原創單曲獎，可謂是影視歌壇兩地開花。

國內現在實行練習生制度的經紀公司畢竟少，那幾個老牌公司差不多都已經飽和，有當練習生想法的新人要簽就只能去國外，現在本土又有經紀公司簽練習生，星辰一時之間收到了不少自薦的簡歷。

中天的練習生本來以為很快就會看到尹暢出道的新聞，結果等了幾天等來了他在辰星當練習生的消息，差點沒笑死在訓練室。

連一向淡然的岑風都有點意外。

尹暢的實力絕對沒達到辰星老總專程開口要人的程度，人要過去了，卻不捧，又繼續扔著讓他當練習生，簡直就像在耍尹暢一樣。

他搞不懂這個許總在想什麼。

尹暢的事一度成為中天練習生的飯後笑談，牛濤只有一個字：該！

幸災樂禍完了，也愁。岑風他不敢動，尹暢又跑了，現在找不到合適的人選給馬總交差，真是頭都要禿了。

不過圈內這些風雲變幻岑風都不關心，他最近沒有去賣唱了，而是找了一家機車修理改裝店兼職。

其實也不算兼職，主要還是想練練手，這兩年他都是自己看書看影片自學，現在差不多摸清了機械的運作原理，需要實踐一下。

沒事的時候就會去機車店幫幫手。

老闆是個爽快的中年男人，年輕時道上混的，非常重義氣，見岑風年輕話少，做事卻很俐落，很喜歡他。薪水雖然開的低，但時間給的自由，有什麼練手的機會也都會叫上岑風，讓他在旁邊觀摩。

改裝得起機車的大多都是有錢人，老闆做這行很多年，在圈子裡也比較有名，時不時就有富二代開著限量跑車載著一車漂亮小妹妹來店裡轉轉，富家千金也多，都是奔放的性格，一見店內有個這麼帥的小哥哥，來得更勤了。

可小哥哥別說聊天了，連笑容都很少給她們。

那不是裝出來的欲拒還迎，是真的冷。

每次她們都開玩笑說：「小哥哥，笑一個嘛，笑一個我們把這車免費拿給你改裝練手，改壞了算我們的。」

還不等岑風說話，老闆就趕人：「走走走，我們這又不是賣笑的。」

不過都沒有惡意，漂亮又冷漠的寶物總是令人心生憐愛。

她們第一次見到岑風笑，是在一個陽光明媚的午後。

老闆剛改裝完了新車，讓岑風開出去試試手感。他前不久拿了駕照，老闆有心鍛煉他的手感和膽量。幾個富家千金當然不會錯過坐他開的車兜風的機會，爭先恐後上了車。

這一帶偏郊外，路修得寬又長，很適合飆車。

岑風戴著帽子，帽簷擋住窗外斜透的陽光，側臉籠著光影，一派專注的漠然。長得帥的人飆車都顯得比別人帥，幾個女生正瘋狂發花癡，飆開的車子突然一個急刹停在路邊。

後排幾個人差點被聳到前排來，還沒來得及說話，岑風已經解開安全帶下了車。

幾個人面面相覷，還以為車子出了什麼問題，趕緊跟著下去。

才看到岑風朝一個蹲在路邊的女孩走了過去。女孩面前有輛山地自行車，她正吭哧吭哧地上鏈條。

許摘星覺得自己太倒楣了。

真的太倒楣了。

在家的時候父母覺得騎自行車不安全，從來不准她騎，她上輩子錯過了最適合騎自行車的年齡。這次趁著暑假來B市，許延天天聽她碎碎念，受不了，買了一輛山地自行車給她。

許摘星開心極了，拿到車的第二天就讓許延把她送到了沒車經過路面安全的郊外，準備好好體驗一下。

結果許延一走，她騎了還沒三公里，這破車的鏈條就掉了！差點摔她個狗吃屎不說，鏈條還死活裝不上！

正生著氣，頭頂突然罩下來一片陰影，聽見一個做夢都在思念的聲音：「需要幫忙嗎？」

許摘星真的以為是自己蹲太久，頭暈目眩出現了幻聽。

她茫然抬頭，待看見旁邊的岑風，整個人愣住了。

她一抬頭，糊滿機油的小臉落進他眼裡。簡直比花貓還要花，再加上表情太過震驚，岑風忍不住，一下子笑出來了。

這是許摘星重遇愛豆以來，第一次看到他笑得那麼開心。

她心裡面一下子好軟好軟，剛才所有的憋屈和生氣都在一瞬間煙消雲散，能看見他笑得這麼開心，怎麼樣都值了。

她蹭一下站起來，激動地話都不會說了：「哥哥！你怎麼突然出現的？」

蹲得太久，起得太猛，站起身的那瞬間打了個黑頭暈，身子剛一晃，就被岑風扶住了。

他的動作很禮貌，沒有離她太近，手掌扶住她肩膀的位置，等她站穩才低聲問：「好一點沒？」

許摘星連連點頭。

他收回手，看她被陽光照得睜不開眼的樣子，抬手取下自己的帽子，扣在她頭上。

帽簷搭下來，遮住了刺眼的陽光。等許摘星手忙腳亂把帽簷抬起來時，岑風已經蹲在自行車旁邊裝鏈條了。

她著急道：「那個髒，你別碰！」

結果剛才折騰了她十分鐘的鏈條，在他修長的手指間不到一分鐘就回歸了原位。

他站起身，扶著車頭來回試了一下，重新打好腳架：「好了。」

許摘星一時間說不出話來。一方面是因為太激動，另一方面是因為太震驚，有種被天降幸福砸暈的眩暈感。

趙津津結束練舞後她就沒去過中天了。哪個追星女孩不希望天天看到愛豆呢，可她不想自己奇奇怪怪的行為給他帶去不適感，就再也沒悄悄去找過他。

一年能見上那麼兩三次，就像前世追活動那樣，已經很開心啦。

怎麼也沒想到，出來騎個自行車居然能偶遇愛豆。

噢我的上帝啊，這是什麼寶貝錦鯉自行車。

全然忘記前一刻她是怎麼罵這破車的。

岑風看她傻乎乎發呆的樣子有些好笑，他摸了摸口袋，才想起自己今天沒帶衛生紙。那幾個富家千金就在身後幾步遠的地方看著他，岑風看向她們，禮貌問：「有濕巾紙嗎？」

小帥哥第一次主動跟她們說話了！

小姐妹激動極了：「有有有，你等著！」

說完就跑回車上，從包裡拿了一包濕巾紙跑回來，交給他。

岑風撕開包裝，把紙遞給還傻笑看著自己的許摘星。她的長睫毛眨了眨，兩隻小手飛快在衣服上蹭了蹭，結結巴巴說：「我不髒我不髒，你擦，你擦手！」

岑風說：「臉髒了。」

許摘星又趕緊用髒兮兮的手飛快抹了兩把臉：「好了好了！」

岑風看著她越抹越髒，等她有些無措地把手放下來，他才伸手按住她頭上的帽簷，另一隻拿著濕巾紙幫她擦臉上的機油。

許摘星被這突然的溫柔嚇得一動也不敢動。

上一次是鼻血，這一次是機油，神仙姐姐，您還追著星呢？

冰涼的紙巾在臉上來來回回地擦，不知道是摩擦還是因為害羞，她整張臉都紅透了。

機油不好擦，岑風擦了半天她的臉還是髒兮兮的。那幾個富家千金已經蹭了過來，開口道：「這東西擦不掉，回去用卸妝水或者卸甲水洗洗吧。」

許摘星居然這時候才發現還有別人在。

她先是看見那幾個穿著一身高奢的女生，眼睛都瞪大了。再看看旁邊那輛價格不菲的跑車，倒吸一口冷氣，不知道想到什麼，猛地回過頭看向岑風。

岑風還在用幫她擦過臉的濕巾紙擦手，察覺她的視線，抬頭對上她驚恐的眼神，只是一愣，當即反應過來她是在想什麼。

他擦乾淨手，食指在她頭上的帽簷上敲了一下。帽簷搭下來，遮住了她的眼睛。

許摘星聽到愛豆冷冰冰說：「不准亂想。」

——《娛樂圈是我的，我是你的【第一部】予你星光》　未完待續——

高寶書版集團
gobooks.com.tw

YH 097

娛樂圈是我的，我是你的【第一部】予你星光（上）

作　　者　春刀寒
責任編輯　吳培禎
封面設計　茵萊登曼特
內頁排版　賴姵均
企　　劃　何嘉雯

發 行 人　朱凱蕾
出　　版　英屬維京群島商高寶國際有限公司台灣分公司
　　　　　Global Group Holdings, Ltd.
地　　址　台北市內湖區洲子街88號3樓
網　　址　gobooks.com.tw
電　　話　(02) 27992788
電　　郵　readers@gobooks.com.tw（讀者服務部）
傳　　真　出版部(02) 27990909　行銷部 (02) 27993088
郵政劃撥　19394552
戶　　名　英屬維京群島商高寶國際有限公司台灣分公司
發　　行　英屬維京群島商高寶國際有限公司台灣分公司
初　　版　2022年8月

本著作物《娛樂圈是我的[重生]》，作者：春刀寒，由北京晉江原創網絡科技有限公司授權出版。

國家圖書館出版品預行編目(CIP)資料

娛樂圈是我的,我是你的. 第一部, 予你星光/春刀寒著. -- 初版. -- 臺北市：英屬維京群島商高寶國際有限公司臺灣分公司, 2022.08
　　冊；　公分. --

ISBN 978-986-506-490-7(上冊：平裝). --
ISBN 978-986-506-491-4(中冊：平裝). --
ISBN 978-986-506-492-1(下冊：平裝). --
ISBN 978-986-506-493-8(全套：平裝)

857.7　　111011711